悪夢に架ける橋

装画　田中寛崇
装幀　西村弘美

目次

目次

プロローグ

夢はいつも沼から始まった。

ふしぎだった。浩枝は沼のある場所に住んだことなどない。

それでも、その黒い沼は、まるで現実のもののように鈍く淀んで、いつも目の前にあった。

少し待っていれば……。そう、分っている。

何秒かの間があって、沼の上に白い通路が伸びて行く。浩枝はその上へと歩き出した。

尾瀬のような湿原にある木の通路に似て、黒い沼の上をゆったりとカーブしながら渡って行く。

時折、黒い沼の表面に粘るような音をたてて、ボコッと大きな泡が浮かび、弾けた。

今夜はどこへこの道は通じているのだろうか?

どれくらい歩いただろうか。いつもの通り唐突に〈出口〉はやって来た。〈出口〉なのかそれとも〈入口〉なのか分らないが。

不意に通路の先が暗くなると、その奥にトンネルの出口のような明るい光が見えた。

今日は昼間かしら？　珍しい。──浩枝は思った。

そこを出ると、風が吹きつけて来た。風の勢いは感じるが、冷たさは感じない。

どこだろう、ここは？

遊園地らしいが、人の姿がない。──左右へ目をやると、銀色に輝いているジェットコースターやメリーゴーラウンドが見える。

それほど広くはないようだ。

日射しの具合からすると、午後の二時か三時。一人の客もいないのは……。

金具がガチャガチャいう音が聞こえた。

遊歩道を、男が二人やって来た。つなぎの作業服を着て、ヘルメットをかぶっている。

「大分遅れてるぞ」

と、一人が言った。

「大分って、せいぜいひと月だ。大したことじゃねえよ」

もう一人は気軽な口調だ。

「何かあったら大変だぞ。定期点検は義務づけられてる」

「どこだって、そんなもの守っちゃいないよ。だが事故は起きてない。そうだろ？」

「起きなくて当り前だ。起きたら生命にかかわる」

一人は険しい表情で苛立っている。

「俺たちが苛々したってしょうがないさ。社長は人件費をケチってる。俺たち二人じゃ、やれることは限られてる」

「だからって、手を抜いていいわけじゃない」

「分ってる。だから今日点検するんだ。そうだろ？」

もう一人の方はやる気がない。

「点検ったって、たった二人で見るんだ。どれだけかかるか……」

足を止めて見上げたのは、ジェットコースターの、うなるように宙を走るレールだった。

「ざっとやりゃ大丈夫。しっかりできてるよ」

「おい、池田。手を抜くなよ。万一のことがあったら――」

池田と呼ばれた男は、もう一人の肩を叩いて、

「古山《ふるやま》、お前は真面目過ぎるんだ。そんなんじゃ、その内胃に穴があくぜ」

「もうとっくにあきかけてるよ」

と、古山という男は言って、「さあ、始めよう」

二人は、ジェットコースターの搭乗口へと階段を上って行った。

浩枝もその二人について行く。むろん、浩枝のことは二人とも全く見えていないのであ

る。

「俺が右を見る。お前は左だ」

と、レールの上に下りて、古山が言った。

「分った」

ハンマーを取り出すと、二人は身をかがめて、左右二本のレールをカンカンと叩きながら、少しずつ進んで行った。

浩枝の目にも、ジェットコースターはそう新しいものと思えなかった。古くなれば、ネジが緩んだり、ひびが入ったりするのだろう。

「――畜生！　辛いな」

と、池田が早くも音を上げた。

ジェットコースターは、初め急上昇するので、レールを辿って上って行くのは楽ではない。

古山は、顎から汗を滴らせながら、口をきかずに点検を続けていた。時折、ネジをドライバーで締め直している。

一番高い所に着くと、二人とも腰を伸して、息をついた。

ここからは急な下りだ。

「さあ、行こう」

と、古山が促す。

浩枝はずっと二人について行った。

ジェットコースターは乗っていれば終点までアッという間だが、こうして見るとかなり長い。

一時間かけて、二人はやっと四分の一ほど終ったばかりだった。

「畜生！　少し休もうぜ」

と、池田がレールの上に腰をおろす。

二人は今、ジェットコースターの一番高い辺りに来ていた。見下ろすと、地上まで何十メートルあるのか……。

「――池田」

古山は腰に挟んだタオルを抜いて、汗を拭った。「社長と昨日会ってただろ」

「え？」

池田は言葉が出ないようだった。思いがけなかったのだろう。

「庶務の川田君が見かけたって。社長の行きつけのクラブに、お前が入って行った、ってな」

「そうか……」

池田は肩をすくめて、「社長と飲んじゃいけないのか？　向うがおごってくれると言ったんだ」

「別に悪いとは言ってない。ただ、何の話だったのかと思ってな」

「話ってほどの話じゃないさ。社長は酔うと昔の話をくり返してるだけだ。知ってるだろ？」

「ああ。——社長とお前だけだったのか？」

池田は少し警戒した表情になって、

「どういう意味だ？」

と訊いた。

「いや、クラブの前に、えらく立派な外車が停ってたと川田君が言ってたからさ」

「他の客の車だろ」

「どうかな」

と、古山は言った。「川田君は、ついこの間、そっくりな車がビルの正面に停ってたと言ってるぜ」

「お偉いさんの車なんか、どれも似てるさ。川田なんかに見分けがつくもんか」

「そのとき、うちの社に〈K商事〉の安原社長が来ていた」

池田は古山から目をそらすと、

「つまらない噂話を本気にしてるのかい？　俺だって、聞いたことはあるけどな」

「社長がこの〈Mランド〉を〈K商事〉へ売る気だってことか？」

「ああ。それで気にしてるんだろ？」

「それもある。しかし、〈K商事〉がここを買い取ったら、まず間違いなくここを閉める。違うか？」

「さあな」

池田は立ち上って、「さ、まだ先は長いぜ」

と言った。

「ああ。余計な話だったな。忘れてくれ」

古山は、またレールを叩きながら進み始めたが、足を止めると、

「おい、池田」

「何だ？」

「ここの音が違う」

と、古山はしゃがみ込んで、レールを叩いた。

「──そうか？　俺にゃ同じに聞こえるけどな」

「待ってろ」

古山は腹這いになると、レールを外側から覗き込んで、指先で錆をこすり取った。

「──やっぱりだ」

「本当かい？　しかし、そんなに大きくないんだろ？」

古山は起き上って、「ひびが入ってる」

「三、四ミリかな」

「じゃ、大したことない」

と、池田は笑って、「次の点検のときに、ひびが大きくなってたら、溶接すればいいさ」

「いや、この音は……。おそらく、見えてない内部に、ひびが入ってる。走行中にレールが破断したら大事故だ」

と、古山は立ち上って言った。「レールの交換だ。それまではストップさせないと」

「おい、古山……。レールの交換なんて、どれだけかかると思ってるんだ？」

と、池田が呆れたように、「普通の電車のレールとわけが違う。特注で作らせるんだぞ。金も時間も……」

「事故で死人でも出してみろ。それどころの補償じゃすまないぞ」

と、古山は言い返した。「他にもあるかもしれない。ともかく終りまで見よう」

「ああ……」

池田は肩をすくめて、ハンマーを取り上げると――。

いきなり池田はハンマーを古山の頭へ叩きつけた。古山がよろける。

池田は両手で古山の体を押した。

――浩枝は息を呑んだ。

古山は両手を振り回して、しかしどう体を支えることもならず、遥か下の地面へと真直ぐに落ちて行った。

1　ニュース

浩枝は目を開けた。

ああ……。まただ。

また、あんな夢を見てしまった。

人が死ぬ。それも、普通でない死に方をする。殺されるか、事故に遭うか、自分で命を絶つか……。

目が覚めると、ぐったり疲れているのだ。

「いやだわ、もう……」

と呟いて、寝返りを打つ。

目の前に大きな背中があった。

カーテンの隙間から、朝の光が入っている。でも、まだ少し早い。

浩枝が寝返りを打ったせいか、夫は目を覚ましたらしく、ゆっくりと浩枝の方を向いた。

「――どうかしたのか」

「いえ、別に……。どうして？」

「何だか、苦しそうな息づかいが聞こえてたぞ」

「起こしちゃった？　ごめんね」

「いや、それほどデリケートじゃない」

と、夫、仲田伴治《ともはる》は言った。「夢でも見てたのか？」

「ええ、まあね」

浩枝は、あの夢の内容を夫に話したことはなかった。

「よっぽどくたびれる夢なんだな」

「目が覚めると何も憶えてないの。でも、きっと一生懸命に走ってるんでしょうね」

「それじゃ疲れが取れないじゃないか」

「大丈夫。毎晩見てるわけじゃないもの」

浩枝は夫に軽くキスした。そのキスに誘われるように、仲田伴治は浩枝を抱き寄せた。

「あなた……。寝不足になるわよ」

「いいさ。会社で寝る」

「だけど……」

と言いながら、浩枝は夫の手を拒まなかった。

「行ってらっしゃい！」

玄関で、浩枝は手を振った。

エレベーターへの通路を急ぐ仲田の後ろ姿が見えている。仲田は振り返らずに手だけ上げて見せた。

「――麻紀ちゃん」

玄関を上りながら、「朝ご飯、ちゃんと食べるのよ！」

ダイニングキッチンを覗くと、ジャンパースカートの麻紀がトーストにかみついている。

「学校の用意は？　済んだ？」

麻紀が口一杯にトーストを頰ばって肯く。

七歳の小学一年生。――赤ん坊だったのが、ついこの間のようだ。

麻紀はこの団地から歩いて十分ほどの小学校へ通っている。同じ団地の子が何人もいるので心配がない。

それでも一学期の間は、浩枝がバスの通る広い道まで見送りに行ったのだが、夏休みが過ぎ、今はもう十月。麻紀もすっかり学校に慣れた。

「はい、そろそろ出ましょうね」

玄関に靴を揃えてやる。「ハンカチ持った？　――はい、気を付けてね」

玄関のドアを開けて、

「下まで行こうか?」

「大丈夫!」

もうエレベーターに一人で乗れる。麻紀はそう主張するように口を尖らした。

「行って来ます!」

「行ってらっしゃい」

浩枝はそれでも、麻紀がエレベーターに乗って行くまで見送っている。

さあ……。今日も一日の始まりだわ。

浩枝は伸びをした。

仲田浩枝は今、三十六歳。六つ年上の仲田伴治と結婚して八年。

麻紀を身ごもって仕事を辞め、今は専業主婦である。

ベッドを直すと、ベランダに出るガラス戸を開けた。爽やかな風が吹いてくる。

このころには、もう浩枝もあの怖い夢のことを、ほとんど忘れているのである。

ほとんど。

だが、小さなきっかけが、浩枝に思い出させる。今日も……。

「浩枝さん、おはよう!」

３号棟を出たところで声をかけられて、仲田浩枝は振り返った。

むろん、声だけで誰なのかは分っている。

「おはよう、しのぶさん」

と、浩枝は言った。

「おはよう」と言っても、もう午前十一時近い。お昼どきだが、主婦にとっては、掃除や洗濯など、家のことを済ませてひと息つくころである。

つまり、「これから一日が始まる」から「おはよう」なのである。

「いいわね、爽やかで」

細川しのぶは青空をちょっと見上げて言った。

「そうね。最近は秋晴れってほとんどお目にかからないものね」

乾いた風が快い。

ここ、S団地は都心まで電車で四十五分。駅まで歩いて行けるので、便利だった。

十階建の住居棟が１号棟から８号棟まであって、中庭にあたる空間は、かなりゆったりしていた。

仲田浩枝は３号棟の５０５号室だった。

細川しのぶは５号棟の一階、１０４号室である。浩枝より二歳下の三十四歳のしのぶは、見た目が派手で、美人である。二十代に充分見えた。

浩枝がすでに「中年のおばさん」以外の何者でもないのと比べると、スタイルも服のセンスも若々しい。

「うちの人、今日から五日間大阪出張なの」

と、しのぶが言った。

「あら、また？　出張が多くて大変ね」

「こっちは楽よ」

と、しのぶはちょっと肩をすくめた。「退屈しちゃうけどね」

細川しのぶのところはまだ子供がいない。三十四歳だし、そろそろ欲しいようだが、夫が小さな商社の営業マンで、収入は決して多くないらしい。

「もうちょっと貯金してからでないと……」

と、しのぶはここ二、三年ずっと言っている。

その点、仲田伴治は一応大手企業の課長で、収入も安定している。しのぶはよく、

「お宅はいいわよね。うちなんか、いつ失業するか……」

と、浩枝に言うのだが、それがカラッとしているところは性格というものだろう。

「あ、立木《たちき》さんの所から、本を寄贈したいって」

と、しのぶが言った。

「あら、助かるじゃない」

「ただ、あの人、やたら難しい本ばっかり持ってるのよね。図書館に置いても、借りる人、いないと思うわ」

「でも、好みは人さまざまだから」

――浩枝としのぶは、団地の中の別棟になっている集会所へ向っていた。

中にはいくつか部屋があって、板貼りの、ヨガやダンスに使える部屋と、畳が敷いてあって、お茶や着付の教室ができる部屋があった。

浩枝たちは、集会所の中の一番小さな部屋で、〈図書館〉をやっている。いや、もともと以前の住人が作ったものを、今、二人が担当役員に選ばれてしまったのだ。

サンダルを脱いで上ると、一応鍵を持った浩枝が開けて中へ入る。

十一時半から午後三時まで、ということで、どちらか一人はいなくてはならない。毎日ではなく、週三日間開けていた。

「新刊が入るといいわね」

と、しのぶが言った。「そういう希望が多いわ」

「そりゃそうよ。でも、何しろ予算がね……」

浩枝はパソコンを立ち上げながら言った。

ＯＬ時代、パソコンをいじっていたので、本の管理をパソコンでするようになった。それまでは手書きのカードだったので、浩枝が係になってから、ずいぶん管理は簡単に、しかも間違いがなくなっていた。

細川しのぶは、勤めていたといっても食堂のウエイトレスなどで、事務的なことは苦手だ。しかし、しのぶとおしゃべりしたくてやって来る男性も結構いたりして、二人はいいコンビだった。

〈図書館〉と名はついているが、置いてある本は、みんな住人からの寄贈本。本を買う予算は組まれていないのである。

それでも、わずかな予算から、女性雑誌や週刊誌などを買っている。

今日は金曜日だ。月、水の二日に比べるといくらか利用客が多い。

「こんにちは……」

常連の白髪の老婦人がやって来た。

「どうも。一番乗りですよ」

と、しのぶが明るく言った。

ともかく、二人の一日が始まったのである。

「しのぶさん、先に？」

と、浩枝は言った。

午後一時。——交替でお昼を食べに出る。

「どうぞ、浩枝さん。私、朝が遅かったの」

「そう？　じゃ、お先に」

浩枝は財布を手に、集会所を出た。

S団地を出て、道の向いに、小さな喫茶店がある。

浩枝は、〈図書館〉に出る日はここでお昼を食べることにしていた。

「ミートソースとコーヒー」

いつも、たいてい頼むものは同じだ。

お店のウエイトレスも顔なじみである。

「ユリアちゃん、日焼けした？」

「あ、分ります？　グアムに行ってたんですよ」

「楽しそうね。彼氏と？」

「はい。でも向うで大ゲンカしちゃった」

「あらあら」

と、浩枝は笑った。

カウンターの端に小さなTVが置いてあり、お昼のワイドショーをやっていた。

ユリアは二十代の女の子だが、ちゃんとスパゲティやピラフなど、器用にこしらえる。なかなか味もいいのだ。

「いい季節ですね。浩枝さん、どこか旅行とか？」

「娘が一年生だもの。もう少し大きくならないとね……」

先にもらったコーヒーを飲んでいると、TVのニュースの声が聞こえた。

「N市の遊園地〈Mランド〉で、ジェットコースターの点検中の係員が落下して死亡しました……」

〈Mランド〉？　浩枝はTVの方へ目をやった。

「昨日午後三時ごろ、休園日だった〈Mランド〉で、遊具の点検をしていた〈Mエンタープライズ〉社員、古山正治《しょうじ》さん、三十八歳が、ジェットコースターのレールを点検中、誤って約三十メートル下に落ち、全身を強く打って死亡しました……」

目の前にスパゲティが置かれた。

「お待たせしました。——どうかしました？」

ユリアに訊かれて我に返ると、

「何でもないの。――気の毒ね」

「ああ。慣れてたんでしょうけど、却って気が緩んだのかもしれませんね」

「そうね……」

浩枝はスパゲティを食べ始めた。ユリアはチャンネルを変えて、バラエティ番組にした。

――やっぱりそうなんだ。

偶然ではない。――〈Mランド〉で起ったことを、浩枝は次の日の早朝、夢で見ている。

古山という男。――ニュースでは「誤って落ちた」と言っているが、そうではない。

一緒に点検に回っていた男。何といったっけ？

池田。――そう池田だ。

相棒が突き落として殺した。しかもその前にハンマーで古山を殴っている。

どうしよう？

浩枝はゆっくりとスパゲティを食べた。決心を少しでも先に延ばしたかった。

でも――戻らないと。しのぶをずっと一人にしておけない。

「ごちそうさま」

と、支払いをして、ユリアの、

「またどうぞ」

という声を背に、店を出た。

道を渡ろうとしてためらった。

「だめよ。——やっぱり放っておけない」

と呟くと、浩枝はちょっと左右へ目をやって、それから同じ歩道の数十メートル先の電話ボックスへと足早に向った。

今は珍しくなった電話ボックスである。

財布からテレホンカードを出すと、受話器を手にする。

相手のケータイ番号は憶えていた。

呼出し音がしばらく続いて、

「もしもし……」

と、眠そうな男の声が聞こえて来た。

「こんな時間まで寝てるんですか?」

と、浩枝は言った。

「え? ——誰?」

「誰でもいいです。昨日〈Mランド〉で死んだ古山っていう人は、殺されたんです。一緒に点検していた池田って人に」

「君は……」

「池田は突き落とす前に、ハンマーで古山さんの頭を殴っています。調べて下さい」

と言って、浩枝は切った。

向うが何か言わない内に切ったのである。ちゃんと通じただろうか？

でも、ちゃんと知らせたのだ。その先は向うがどうしようと勝手だ。

少しホッとして、浩枝は道を渡ると、急いで集会所へと戻って行った。

2　目撃

「事故でないと言われるのは……。それはつまり……事件性があるということですか」

すっかり頭の禿げた田代という刑事は、ちょっと顔をしかめた。

「殺人の可能性があります」

と、片岡は言った。

はっきり「殺人」と言われて、田代刑事の顔はますます渋くなった。

「突然そうおっしゃられても……」

と、田代はタバコに火を点けると、「大体どうして東京の刑事さんがわざわざこちらへ?」

田代はどう見ても、もう五十歳に近い。片岡は三十六歳だから、おそらくひと回りは年上だろう。

「もちろん、警視庁の管轄でないことは分っています」

と、片岡は言った。「ただ、匿名の通報がありましてね」

「匿名の通報ですか」

田代は鼻で笑うように、「うちにも、そんなものは毎日何十件も来てますよ。そんなものに取り合っていたら仕事にならない。警視庁はさすがに予算が余ってらっしゃるんですな。そんなもののためにわざわざ人手をさくとは」

「もちろん、それが事実という保証はありません。しかし、万一殺人だとしたら、こちらの評価も高くなるでしょう」

「ですが……」

「死んだ古山さんの頭には殴った傷はありませんでしたか」

「頭の傷ですか。そりゃありますよ。あの高さから落ちて、しかも途中、鉄骨の部分にもぶつかっている。傷があって当然でしょう」

田代はタバコの煙を吐き出した。

狭い応接室に、タバコの煙が立ちこめる。

――片岡は、警視庁が禁煙になっているので、煙いのが苦手だった。

「一緒にジェットコースターのレールに上っていた――池田さんといいましたか」

「ええ。池田……充夫。では、この男が殺したと？」

「突き落とす前に、ハンマーで古山さんの頭を殴ったそうです。ハンマーを調べてみてはどうでしょう？」

——片岡雄三は、警視庁捜査一課の刑事である。

こうしてわざわざN市まで出向いて来たのは空しかっただろうか、と思い始めていた。

「しかし、それにはそれなりの根拠がないと……。そんな得体の知れない匿名の通報ぐらいで、人を犯人扱いしたら、訴えられないとも限りませんよ」

ともかく、「事故で片付いているのに、今さら余計なことをしてほしくない」という思いがはっきり分る。

片岡は、どう言ったものか、迷いながら、冷めたお茶を飲んでいた。そして、

「実は……」

と言いかけたとき、応接室のドアが開いた。

「失礼」

と、ヒョロリと長身の男が中を覗いて、「東京からのお客って……」

と、片岡を見ていたが、

「何だ！　片岡じゃないか」

「え？」

面食らった片岡はその男を眺めて、

「もしかして北川か？」

「ああ。びっくりだな！」

二人は握手した。

「課長のお知り合いですか」

と、田代が仏頂面で言った。

「うん。高校の同級生だ」

「はあ、そうでしたか……」

「片岡、お前警視庁の捜査一課にいるんだろ？」

「ああ。ちょっと話があってな」

片岡がもう一度話をくり返すと、

「――なるほど」

と、北川は肯いた。「お前はその通報が事実だと思ってるんだな」

「うん。理由があってのことだ。ただ、今は説明できない」

「分った」

北川は田代の方へ、「疑いがある以上、確かめた方がいい。池田という男のハンマーを調べてみてくれ」

「はあ……」

田代は、これ以上できないくらいの渋い顔をした……。

浩枝は、ご飯をよそう手を止めた。

TVのニュースが耳に入ったのだ。

「〈Mエンタープライズ〉社員、池田充夫容疑者・三十五歳を殺人の疑いで逮捕しました。池田容疑者のハンマーから血液反応が出たことで……」

「お母さん、ご飯」

と、麻紀が言った。

「あ、ごめんなさい」

浩枝は小さな茶碗にご飯をよそって、渡した。

「――ただいま」

玄関から声がした。

「あら、早いわね」

浩枝が立って行くと、「ちょうどご飯食べてるところよ。一緒に?」

「ああ、食べよう」

仲田伴治はネクタイを取って、「仕度しといてくれ。手を洗ってくる」

「はい」

平日に、三人で夕飯をとれるのは珍しい。

浩枝は今のニュースのせいもあって、少し晴れ晴れした気持だった。

ただ、そのために、夫の明るさにどこか不自然なところがあることに気付かなかったのである。


「今日はどうかしら……」

いつものコーヒーショップに入ると、一人用のカウンター席に腰をかけて、細川しのぶは呟いた。

スラリとした脚を組む。

「カフェ・オレね」

と、注文してケータイを取り出す。

午後の二時。——中途半端な時刻で、客の数は少ない。

夫の細川啓一は今日も出張だ。——まあ、年中出張している夫を持つのは寂しくもあるが、食費もかからないし、出張手当も出る。

決して楽でない家計にとっては、ありがたいところもある。

一週間の内、月水金は、あの仲田浩枝と団地の「図書館」にいなくてはならない。こうして、団地に近い駅から二駅目の駅ビルにやって来るのは、火曜日と木曜日の二日間だ。この駅ビルにもスーパーはある。しかし、一つ手前の駅に、一番新しくて大きなスーパーができて、S団地の住人はみんなそこへ通っている。

だから二つ目の駅のここには、まずS団地の奥さんたちは来ないのだ。

カフェ・オレを半分ほど飲んだところで、ケータイにメールが来た。

「駅前の〈P〉で、サラリーマンのNさん。目印は丸めた週刊誌」

了解、と返信しておいて、しのぶは立ち上った。

駅前の〈P〉は、ちょっとしたオープンスペースで、週末にはイベントがあったりする。いくつか置かれたベンチに、暇そうな年寄りがよく座っている。

「あんまり年寄りじゃいやね……」

と、しのぶはベンチの間を歩いて行った。

「あれだ」

しのぶの方へ背中を向けた男。コートをはおって、丸めた週刊誌を手にしている。仕事用のバッグを持っているのは、外出の途中なのかもしれない。

しのぶは、さりげなくそのベンチに並んで腰をかけると、

「お時間はあります？」

と訊いた。

これがいわば合言葉である。男がしのぶを見て、

「いいよ」

と言った。「ただ、あんまり高いと――」

二人は何となく顔を見合せていたが――。

「あ……」

「まあ、仲田さん！」

「細川さん……だね」

二人はしばし無言で座っていた。

「あの……」

「ともかく……」

同時に口を開きかけて、また黙ると、細川しのぶの方がホッと息をついて、

「誰か知ってる人に会うんじゃないか、ってずっと思ってたけど……。まさか、仲田さんに……」

と言った。

「いや、本当だ」

と、仲田も言って、ちょっと笑うと、「悪いことはできないね」

少し間があって、

「——悪いこと?」

と、しのぶが言った。

「だって……」

「お互い、黙ってれば分らないわ。そうでしょ?」

「しかし……」

しのぶは周囲を見回すと、

「誰も他に知ってる人はいないわ。——仲田さん、初めて?」

「ああ。君は?」

「初めてじゃないわ」

しのぶは立ち上った。「この先に、ホテルがあるの。二時間なら安いわ」

「本気かい?」

「でも、タダじゃないわよ。一応、仕事なんですからね」

少し迷ってから、仲田は立ち上った。

「主人とはうまく行ってるわ」

と、しのぶは言った。「でも――月給が安くて、貯金なんかできない。私も、パートの仕事で何百円か稼いだって空しいでしょ」

「うん……」

少し湿っぽい、ひんやりしたベッドの中で、しのぶと仲田は肌を寄せ合っていた。お金だけの関係よりは、やはり顔見知りなので多少は楽しい気分だった。

「でも、仲田さん、どうしてこんな時間にあそこにいたの？」

と、しのぶが訊く。

「見当つくだろ」

仲田はぼんやりと天井を見上げて言った。

「まさか……リストラ？」

「その通り」

「じゃあ……浩枝さんは知らないの？」

「話せないんだ。今日こそは、っていつも思うんだが……」

「じゃ、出勤してるふりをして？」

「そうさ。もう二週間になる」

「まあ」

「次の仕事を早く見付けなきゃな。頭じゃ分ってるんだが、いざとなると言い出せない」

「気持は分るわ」

「浩枝の奴は、苦労知らずだ。会社がどんな状態か説明しても、分りゃしないだろう」

「ええ、そうね。いい人だけど、呑気過ぎて疲れるところがある」

仲田は、ちょっとびっくりしたように、しのぶを見た。

「いや、驚いた」

「何が？」

「浩枝のことさ。君もそう思うのか」

「じゃあ……あなたも？」

二人は顔を見合せて、笑った。

「――いや、笑ってる場合じゃないんだな」

と、少しして仲田は言った。「君と二人で浩枝のことを笑っちゃ、あいつが可哀そうだ」

「優しいのね」

「浩枝はいい奴だよ。その点は確かだ。麻紀の母親としても、よくやってる」

しのぶはしばらく黙っていたが、

「誰でも秘密は持ってるわ」

と、口を開いた。「あなたの奥さんだってね」

「浩枝が？　どんな秘密を？」

「分らないけど、何か知られたくないことがある。それは確かよ」

「どういう意味だい？」

「私が浩枝さんと二人で〈図書館〉の担当してるの、知ってるでしょ」

「ああ、もちろん」

「いつも交替でお昼を食べに行くの。浩枝さんは、団地の向いの喫茶店でお昼を食べるの」

「ああ、あの小さな店か」

「そこを出て、浩枝さんは時々電話ボックスまで歩いて行って、電話をかける。ケータイを持ってるのに」

「どこへかけてるんだろう。でも、まあ——電話ぐらい……」

「でも、なぜ、わざわざ公衆電話？」

「まあね……」

「ケータイを使わないのは、発信先を残したくないからかもしれないわ。消し忘れるってこともあるからね」

「浩枝が？　――君、見たのか」

「ええ。一度だけね。でも前にも同じことがあったって。私、あの喫茶店のウエイトレスの女の子と仲がいいの」

仲田は、何と言っていいか分らず、黙っていた。しのぶは肩をすくめて、

「もちろん、だからどうって言ってるわけじゃないのよ」

言ってるじゃないか、と仲田は思った。

浩枝は、あの団地の中で、細川しのぶが一番仲がいいとよく言っている。しかし、当のしのぶはそう思ってはいないようだ。

しょせんは他人だ。

「もう行こう」

仲田は起き上って、「支払いはあれでいいのかい？」

「ええ、もちろん」

しのぶは、仲田が急に冷ややかになったのを感じて、あんな話をしたことを後悔した。

仲田はもちろん浮気したことをわざわざ妻に話したりしないだろう。しかし、しのぶが

「怪しげな仕事」をしているらしいと匂わせることはできる。

「シャワーを浴びない？　ご一緒に」

と、しのぶは誘ってみたが、

「いや、僕はやめておくよ。君はゆっくり浴びてから出るといい」

「そう……」

しのぶは仲田が一刻も早くここから出て行こうとして、服を着るのを見ていたが——。

「——ね、仲田さん」

「何だい？」

「また時々、どう？　お金はいらないわ」

仲田はちょっとしのぶを見ていたが、

「やめておこう。お互いに、今日だけのことにしておいた方がいい」

と言うと、「じゃ、お先に」

と、足早に部屋を出て行った。

3　皮肉

「整備係、古山正治さんの事故死と思われていたものが、実は同僚による殺人であったこと。――この事実の発覚をきっかけに、〈Mエンタープライズ〉の身売りを巡って、様々な動きが出て来ました……」

午後のワイドショーの音声が、自然と田代刑事の耳に入ってくる。

「おい、田代君」

と、北川が呼んだ。

「はい、課長」

田代は席を立って行った。北川は年下ながら田代の上司で、確かに優秀な男だった。

「お呼びで」

と、田代は言った。

「ああ、例の〈Mランド〉の件だ。逮捕した池田は自白してるんだな？」

「はあ。認めています」

「どうも〈Mエンタープライズ〉の万田社長が指示したらしい。万田の逮捕もあり得る」

「分りました」

「〈Mエンタープライズ〉は〈Mランド〉を〈K商事〉へ売ろうとしていたという噂だ。しかし、こうなっちゃ〈Mランド〉は当分閉めるだろう。話題になってるぞ」

「そうですか」

正直、田代としては面白くない。事故と片付けていたものを、なぜか東京から片岡とかいう刑事が来て、「殺人らしい」と言った。

そして、正に片岡の言った通り、殺人と分った……。

「それでな」

と、北川が言った。「今月の本部長賞が君に決った。僕も嬉しい」

「は……」

田代は呆気にとられていたが、「――ありがとうございます!」

本部長賞は、この県警の中では大したものだった。

田代は、グループならともかく、個人で受賞するのは初めてだったのだ。

「課長のお友達の片岡さんですが」

と、田代は言った。「どうして殺人と思われたんでしょう」

「それは訊いても言わないんだ」

「ですが、あの方に言われないと――」

「それはいい。誰も知らないことだ」

と、北川は言って、「そういうことだ。戻っていい」

「はあ」

田代は席に戻った。

他の刑事たちから、

「おめでとう！」

「やったな」

と、声をかけられる。

田代も何となく、自分の功績のような気がして来てしまうのだった。

田代の机の電話が鳴った。

「――田代さんですか？」

「そうですが……」

「先日伺った片岡です」

「どうも……」

「的確に処理していただいてありがとう」

「いえ、とんでもない。むしろ私の方こそ……」

「感謝すべきは『匿名の通報』でしょうかね」

「全くです。――片岡さんはご存知では？」

「いや、知りません」

と、片岡は言った。「ふしぎなことでしてね……」


息を弾ませて、川田岐子《みちこ》は保育園の扉を開けた。

「すみません、遅くなって！」

保育園のガランとした部屋の隅に、寝転って絵本を開いているわが子の姿があった。

「あ、ママがお迎えに来たわよ」

一人だけ残っていた保育士の小田切ルリ子が、まなみに声をかけた。

「ごめんね！　ママ、急な仕事で――」

と、川田岐子は言いかけてやめた。

子供に言いわけしたところで、仕方ない。子供には、ただ「ママがなかなか迎えに来てくれなかった」という事実だけが大切なのだ。

「まなみちゃん、おとなしくご本を読んでましたよ」

と、小田切ルリ子は言った。

「すみません、本当に」

もう夜十時近くになっていた。

「まなみちゃん、菓子パンを一つ食べたので……」

と、小田切ルリ子は言った。「そうお腹空いてないと思います」

「本当にどうも……。パン、おいくらでしたか?」

「いいんです、そんなの」

「いえ、そんなわけには……」

「じゃあ、二百円いただければ。飲物とで」

ルリ子は二百円受け取ると、「川田さん、お葬式に?」

「え?」

「何だか、お香の匂いが」

「そうなんです。お通夜があって。急だったものですから、他に人がいなかったんです」

「大変でしたね。じゃ、川田さんも、夕ご飯、食べていないんじゃありません?」

「ええ。ともかく、まなみにも何か食べさせないと。——さ、帰るわよ」

まなみは大欠伸した。

「川田さん」

と、ルリ子が言った。「もし良かったら、その辺で一緒に食べません？　私もお腹ペコペコで」

「まあ……。いいですけど……」

それを聞いて、まなみが、

「先生も一緒に食べよう！」

と、喜んでいる。

「じゃ、すぐ片付けますから。表で待っていて下さい」

――川田岐子は、五歳になるまなみの手を引いて、保育園の外で待っていた。

「お待たせしました」

ルリ子が、戸締りをして出て来る。

「この辺のお店をご存知ですか？」

「ええ。でも、少し車で行きましょう」

「先生、車で通っておられるんですか？」

ちょっと意外な気がして、岐子は言った。

「ええ。この先に駐車してあります」

五十メートルほど行った駐車場に、その車は停めてあった。――岐子は目を丸くして、まなみは、

「先生の車、カッコイイ！」

と、思わず声を上げた。

何とも最先端としか思えないスタイルのスポーツカーが、そこには停っていたのである。

「それじゃ、あの遊園地で亡くなった方のお通夜で？」

と、小田切ルリ子は訊いた。

「そうなんです。事故死と思われていたのですが、本当は同僚に殺されたと分って……」

「ニュースで見ました」

「亡くなった古山さんは、とても真面目で、プロ意識の高い人でした」

と、川田岐子は言った。

川田岐子は〈Mエンタープライズ〉の庶務に勤めるOLだ。古山を殺した池田が、社長の万田と一緒に高級クラブへ入って行ったのをたまたま見かけて、古山に話していた。

そのクラブの前に、〈K商事〉の安原社長のものらしい車が停っていたことも。

「――でも、私が古山さんにあんな話をしたのがいけなかったのかも……」

と、岐子は言った。

「あなたがそんな風に考える必要ありませんよ」

と、ルリ子は言った。「ともかく犯人が捕まって良かったですね」

まなみは、スパゲティを夢中で食べてしまうと、口の周りをミートソースでベタベタにして、

「ママ！　おいしかった！」

と、声を上げた。

「まあ、お口の周りが……。触らないで。今、拭いてあげるから」

「大丈夫ですよ」

ルリ子がちょっと手を上げると、ウエイターが飛んで来る。

「おしぼりを二つ三つ持って来て」

「かしこまりました」

六本木に近いイタリア料理店。――岐子など全く縁のない高級店だった。

熱いおしぼりで、まなみの口の周りをていねいに拭いてやる。

「まなみちゃん」

と、ルリ子が言った。「ここのプリン、とてもおいしいのよ。食べてみる？」

「食べる！」

と、まなみは即座に答えた。

「先生……」

「ご心配なく」

と、ルリ子は言った。「ここで食べても、支払いは父へ回ります。気になさらずに」

「はあ……」

岐子も、食べたことのない料理を次々に出されて呆気に取られていた。

この人、どういう人なんだろう？

「いらっしゃいませ」

新しく入って来た客が、奥のテーブルに案内されて行く。スーツ姿の、一流企業の重役というタイプ。若い女性を連れている。

岐子たちのテーブルのそばを通ろうとして足を止めると、

「――何だ」

と、その男性が言った。

「今晩は」

と、ルリ子が言った。

「このところ、顔を見てないな」

「忙しくてね」

と、ルリ子は言った。「最近の彼女？」

男は笑って、

「相変らずだな。——友達か？」

視線を岐子の方へ移していた。

「保育園で預かってる子と、そのお母さんよ」

と、ルリ子が言って、「川田さん。これが私の父」

岐子はびっくりして、

「失礼しました！」

と、あわてて立ち上った。「いつも先生にご迷惑をおかけしています」

「いやいや」

と、ルリ子の父は愉快そうに、「こいつには友人がいなくてね。ぜひ仲良くしてやって下さい」

「お父さん。こちらは真面目に働いてらっしゃるのよ」

と、ルリ子が言った。「じゃ、またね」

「ああ」

――ルリ子の父は、若い女性と二人で、奥のテーブルについた。

「こんな所で会うなんて……」

と、ルリ子は言った。「あれが父。小田切浩市。ちょっとした会社の社長」

「ちょっとした……」

その身なりや、身についた雰囲気、風格で、おそらく「ちょっとした会社」どころではないだろうと見当がついた。

――岐子も、まなみと一緒にプリンを食べて、確かにレベルの違うおいしさに言葉がなかった。

「行きましょう」

と、ルリ子は言って、ウエイターに、「父と一緒にしといてね」

「かしこまりました」

店の方でも心得ているのだ。

「ごちそうになってしまって……」

と、岐子は恐縮した。

「いいんです。私も一人で食事するのは寂しいし」

と、ルリ子は言った。

店を出ると、岐子は、

「あの――私たちは電車で帰りますから」

と言ったが、お腹一杯になったまなみは眠そうで大欠伸をくり返していた。

「もう遅いし、まなみちゃん、おねむでしょ。車で送りますよ。私、今夜はワインも飲んでないし」

「とんでもない！　そんなこと……」

とは言ったものの、果してどっちへ行けば駅があるのやら、さっぱり分らない。

「大丈夫。明日は私、お休みですから。さ、乗って下さい。まなみちゃんと後ろの席で寝ていらしても」

「いえ、そんな……」

岐子は結局、後ろの座席にまなみを寝かせて、自分は助手席に座った。

車が走り出して、二、三分して振り向くと、まなみは少し口を開けて、ぐっすり眠り込んでいた。

岐子の住所をカーナビに入力して、車は夜の高速を駆け抜けた。

「岐子さん――って呼んでも？」

「はあ」

「私はルリ子と呼んで。今、二十八でしょ？　私は二十七。ね、お友達になりましょうよ」

「先生……」

「ルリ子よ」

「ルリ子さん……。あまりに住んでる世界が……」

「大げさだわ」

と、ルリ子は笑った。

「でも、私なんか……」

「とても美人よ。本当。まなみちゃんの可愛さを見ても分る」

「まあ、どうしましょ」

と、岐子もつい笑ってしまった。

すると、岐子のバッグでケータイが鳴り出した。こんな時間に？

「誰かしら。――もしもし」

「おい！」

いきなり、怒鳴り声で、「川田だな」

「あの――」

「社長の万田だ」

岐子はびっくりして、

「社長さん！　あの――どうして――」

「余計なことを古山にしゃべったのは、お前だな！」

「それは――池田さんとクラブへ行かれたことでしょうか」

「池田の奴、俺の命令で古山を殺したと言ってるそうだ。俺は断じて認めんぞ！」

「でも……」

「警察に呼ばれているんだ。全く！　たかが点検係が一人死んだくらいで！」

岐子もさすがに黙っていられなかった。

「それはひどい言い方です。古山さんは事故を防ぐために――」

「うるさい！」

と、万田は遮って、「お前はクビだ！　明日から出社しなくていい」

「そんな……」

「私物があれば、会社の外へ放り出しとくから拾って行け。ともかく俺の前に顔を出すな！」

そう怒鳴り散らすと、万田は切ってしまった。

岐子は唖然として、手にしたケータイを眺めていた。

「――大丈夫？」

と、ルリ子が訊いた。

「あ……。ごめんなさい」

「聞こえてたわ。ひどい社長ね」

「でも……どうしよう！　仕事を捜さなきゃ」

「ちゃんと退職金ももらわなきゃ。弁護士を紹介してあげる。言われっ放しで泣き寝入りしちゃだめよ」

「でも……」

「任せて。――友達でしょ」

二人は何となく顔を見合せて笑った。

会社をクビになったというのに笑える。岐子は自分にびっくりしていた……。

すると、

「ママ……」

まなみが目を覚まして、「喉が渇いた」

「あら。でも少し我慢して」

「何か自動販売機で買えばいいわよ」

と、ルリ子が言った。

もう一般道へ下りていたので、じきに路の傍に明るく並んだ自販機があった。

ルリ子が車を停めると、岐子は、

「ありがとう。まなみ、何がいいの？　ジュース？」

「うん」

「じゃあ……」

岐子は財布を取り出して、中の小銭を手に車を降りた。すると、

「ママ」

と、まなみが呼んだ。

「どうしたの？」

「手に持ってるの、百円玉と一円玉、間違えてる」

「え？」

岐子は手にした硬貨を見て、「あら、本当だわ。これじゃ買えないわね」

と、財布をそのまま持って、自販機へと駆けて行った。

ルリ子はまなみの方を振り向くと、

「まなみちゃん。――どうしてママが一円玉を持ってるって分ったの?」

まなみに、岐子が手にしている硬貨が見えたはずはない。

まなみは、半分眠っているようなトロンとした目で、

「うーん……。何となく」

と答えた。

4 出会い

その店に入ったのは偶然だったのか。

コーヒーの香りに誘われたのは事実だが、他にそういう店がなかったわけではない。

でも、何となく入りたかったのだ。

仲田浩枝は店の入口で足を止めた。

「いらっしゃいませ。お一人ですか?」

何だか眠そうなウエイトレスが声をかけた。

「ええ」

「窓の所へどうぞ」

向うとしては、表が見えるいい席というつもりだったのだろうが、浩枝はデパートや人ごみを眺めたくなかった。

「そっちでもいい?」

と、店の奥の席を指す。

「ええ、どうぞ」

二人用の小さなテーブル席。——店は空いているので、四人用の席でも良かったのだが、こういうとき、つい遠慮してしまう。

「——ブレンドを」

と、オーダーして、水を一口飲んだ。

ミネラルウォーターではないようだが、浄水機を通しているのか、おいしい水だった。

そして、ふと横へ目をやると——。

「まあ」

つい、声が出ていた。「片岡君じゃない」

ケータイをいじっていた男が、少し間を置いて顔を上げ、浩枝を見た。

「——あ」

と言ったきり、名前が出て来ないようだ。

「武井よ。武井浩枝」

「ああ、そうだ！　ごめん。人の名前をすぐ忘れるんだ。でも、今は……」

「仲田というの」

「仲田か。確か聞いたな、同窓会で」

「名前憶えなくて、よく刑事やってられるわね」

と、浩枝は言った。

「そう言われると……」

と、片岡雄三は苦笑した。

「別にいじめてるんじゃないのよ」

と、浩枝は微笑んで、「仕事中？」

「まあね。人と会うことになってて。でも、向うが約束を二時間も遅らせて来たんで、こうして時間を潰してる」

と、片岡は言って、「そっちへ行ってもいいかい？」

「ええ、どうぞ」

浩枝は、ちょっとしたスリルを味わっていた。片岡が、自分を「匿名の電話」の相手だと気付くかどうか。

しかし、どうもその気配はなかった。

片岡は自分の飲みかけのコーヒーを持って移って来ると、

「君は――」

「買物があって。靴をオーダーメイドで作ってもらったのを受け取りに」

と、浩枝は言った。「子供が小学校に通い出したんで、少し楽だわ」

「もう？　同窓会のとき、三つとか言ってなかった？」

「変なこと憶えてるのね」

「いや、七五三だと言ってたから」

「ああ、そうね。もうじき十一月だから、七つのお祝い」

と言って、「片岡君、まだ独り？」

「まあね。よく分るな」

「そのネクタイ、上着の色と合ってないもの。奥さんがいたら、気が付くと思うわ」

「そうかい？」

片岡はちょっと情ない顔で自分のネクタイを見下ろした。

「――何か大きな事件に係ってるの？」

と、浩枝はさりげなく訊いた。

「うーん、どうかな」

片岡が首をかしげる。

「どうかな、ってどういうこと？」

と、浩枝は訊いた。

「これから会う相手次第だ」

と、片岡はコーヒーを飲み干して、「まだ時間があるからな。——もう一杯、コーヒー！」

と、オーダーする。

大丈夫。片岡は「匿名の電話」をかけて来たのが仲田浩枝だとは思ってもいないようだ。

「——はい」

ウエイトレスがやって来て、「コーヒー、おかわりはできませんけど、二杯目は二百円です」

「あら、そう」

と、浩枝は感心して、「じゃ、私ももう一杯いただこう」

「ご主人は何してるんだい？」

と、片岡が訊いた。

「何って……サラリーマンよ、普通の」

「そうか。忙しい？」

「まあ、あんなものでしょ、きっと」

と、浩枝は言って、店の入口の方へ目をやった。

ちょうど、扉が開いて入って来た客がいたのだが——。

え？　まさか！

何と、入って来たのは、夫、仲田伴治だったのである。

「どうかした？」

と、片岡に訊かれて、

「いえ、別に」

と、首を振る。

確かに、夫の会社——かつて、浩枝の勤めていた会社でもある——は、ここから遠くない。それにしても……。

仲田は、入口近くの席に座った。浩枝は奥の席なので、全く気付いていない。

浩枝は、夫に声をかけても良かったのだが、何となくそうしないでいた。

それは、どこかおかしいと思っていたからで……。

夫の様子が、家にいるときと違って、妙に落ちつかず、不安げだったのだ。

夫がケータイを取り出して、いじり始めた。

どう見ても、仕事の途中でここへ寄ったとは思えない。

どうしたんだろう、あの人？

「——え？　何？」

片岡が何か話しているのに気付いて、「ごめん、聞いてなかったわ」

「さては、浮気相手のことでも考えてたかな?」

「よしてよ」

と、浩枝は笑って、「私、充分幸せよ。今のところは」

「いや、ふしぎなことがあってね」

片岡は、あの〈Mランド〉での殺人事件のこと、事故と思われていたのを、「匿名の電話」が真相を言い当ててくれたことを話した。

「ふしぎな話ね」

と、浩枝は肯いて、「相手の人に心当りがないの?」

「うん。女性だってことは分る。しかし、声を変えてるんだと思うけど、誰なのか、さっぱり……」

と、片岡は言った。「ただ、その女はどうしてか、僕のケータイ番号を知ってる。だから、きっと会ったことのある女なんだと思うよ」

「でも、その女の人が、どうして真相を知ってたのか……」

「そうなんだ。——その場に居合せて、見ていなかったら分らなかっただろう。それに……」

「――それに？」

「あれが初めてじゃなかったんだ」

と、片岡は言った。「その前にも一度、別の事件で――」

片岡のケータイが鳴った。片岡は席を立って、ケータイを手に店を出て行った。

そして、入れ違いに入って来たスーツ姿の大柄な女性を見て、浩枝はちょっと首をかしげた。――誰だろう？　確かに、どこかで見たことがある……。

その女は、何と夫、仲田のテーブルへと向ったのである。

「お忙しいところをどうも……」

浩枝は、夫がパッと立ち上って、何度も頭を下げるのを見てびっくりした。

「十五分しかないの。飛行機の時間があってね」

五十前後と思える、その女の横柄な口のきき方で、浩枝は思い出した。

江戸伸代。――本名かどうか分らないが、今、全国にチェーン店を持つエステサロンの経営者だ。

そして、仲田の勤め先にとって、インテリアや小物類を購入してくれる上得意でもあった。

それにしても、こんな所で何の話があるのだろう？　二人の様子は、ただビジネスの話というのとは微妙に違っているようだ。

「——そりゃ、あんた自身の責任だよ」

と、江戸伸代は言った。

いつも人前で話しているせいか、声が大きい。——何の話をしているんだろう？

「ま、正直言って、私が上司でも、リストラの候補にあんたを入れるわね」

浩枝は息を呑んだ。リストラ？　夫が？

しかし、そのひと言を聞いたとたん、浩枝はこのところ漠然と感じていた違和感の正体をはっきりと知った。

あの人はリストラされたのだ。それを隠して、毎日出勤するふりをしている……。

仲田は何やらブツブツ言いながら、江戸伸代に何度も頭を下げている。

「——ま、考えときましょ」

と、伸代は言った。「あんたにできる仕事があるかどうか分らないけどね」

「どうかよろしく」

と言っている夫の声が届いて来た。

雇ってほしいと頼んでいるのか。——浩枝は胸が痛かった。

仲田はプライドが高い。特別にというわけではないが、人に頭を下げるのは苦手だ。

江戸伸代は、ジンジャーエールを一気に飲み干すと、

「じゃ、行くわ。途中車が混んでると……」

と言って立ち上った。

「わざわざお時間を取っていただいて、ありがとうございました！」

仲田は立ち上って、深々と頭を下げて見送った。しかし——江戸伸代は店を出ようとして、何を思ったのか振り向いて、

「一緒に来て」

と、仲田へ言ったのである。

「は？」

「相談しましょ。車の中で」

「はい！」

仲田は急いで伝票を手に取ると、支払いをすませて、江戸伸代について店を出て行った。

——どうしたのだろう？

江戸伸代は急に何を思い付いたのか。

ともかく、浩枝は、しばらくショックから立ち直れずに座っていた。

気が付くと、片岡が戻って来ていた。

「ごめん。待ち合せの場所を変更して来たんだ」

「じゃあ、行くの？」

「うん。またいずれ」

「そうね。――元気で」

と言ったものの、浩枝もこれ以上この店にいても仕方ないことに気付いた。「一緒に出るわ」

二人はそれぞれの支払いをすませて店を出た。

「私はちょっと行く所があるから」

と、浩枝は言った。

「それじゃ」

片岡は目の前の横断歩道の信号が青になったのを見て、足早に渡って行った。浩枝は――どこへ行くというわけではなかったが、ともかく一人になって、夫が失業しているという事実を受け止めたかった。

誰かが、急ぎ足でやって来て、浩枝の肩に突き当った。目つきの悪い男で、ぶつかったのは自分の方なのに、浩枝をジロッとにらんで、横断歩道を渡って行く。

「変な人……」

今どきは、ちょっとぶつかったぐらいで相手を殴り殺したりする人もいる。用心するしかないが……。

浩枝は、その男の姿を何となく見送っていた。男は急ぎ足で、片岡と同じ方向に向った。

「え？」

首をかしげた。——その男が、片岡の少し後ろにピタリと付くと、足取りを片岡に合せたのである。

あれはまるで、片岡の後を尾《つ》けているみたいだ。いや、もちろん考え過ぎかもしれないが。

浩枝は適当な方へと歩き出した。このままオフィス街を抜けて二十分も行くとデパートがある。

ともかく、今夜のおかずを買って行こうか。何か毎日やっていることをしないと、気持が落ちつかなかったのである。

「どうして言ってくれないのよ……」

と、つい呟いていた。

夫が、リストラされたことを浩枝に隠していた。それが浩枝にとって一番のショックだった。

もちろん、話を聞けばそれなりに取り乱したかもしれないが、でも何も言ってくれず、他からそんな話を聞かされるなんて、ひど過ぎる！

ともかく、今夜夫が帰って来たら、ゆっくり落ちついて話をしよう。——冷静に。冷静に。


——交差点に来ていた。

信号が青になり、向う側へ渡ろうとしたとき、左折したトラックが強引に目の前を駆け抜けた。一瞬ヒヤリとして、立ちすくんだ。

その瞬間——ほんの一瞬だったが、ある映像が眼前に浮んだ。

「片岡君？」

歩道橋を渡っている片岡が、階段を下りようとしたとき、突然あの、男が片岡の背中を押し、片岡は階段を遥か下まで転り落ちて行く。

ハッと我に返って、

「大丈夫ですか？」

と、初老の女性に声をかけられる。「乱暴なトラックね、本当に！」

「あ……。ええ、どうも」

急いで道を渡ると、立ちすくんだ。今のは何だろう？

片岡の身に起ったことなのか？　眠ってもいないのに……。

「でも――もしかしたら」

浩枝はケータイを取り出すと、急いで片岡へかけた。――もし、本当に……。

「もしもし」

片岡が出た！

「あの――私、浩枝よ」

「やあ、どうしたの？」

「今、どこにいる？」

「今？　駅に行く歩道橋の上だよ」

浩枝は息を呑んだ。

「片岡君、後ろを振り向いて！」

「え？」

「あなたを尾けてる男がいる！」

一瞬の間。そして、片岡が、

「桐山！　貴様――」

と言うのが聞こえた。

そして、ガタガタと何かのぶつかる音がして、切れた。

「――片岡君」

どうしたのだろう？　あの一瞬の幻は、結局起ってしまったのだろうか？

浩枝はしばらくその場にじっと立っていた。

――ずいぶんたったようでもあったが、実際は五分くらいのものだったろう。

かかって来た！　片岡からだ。

「もしもし」

恐る恐る出てみると、

「片岡だよ」

「無事？」

「ああ。――待ち合せてた相手が、今、僕を突き落とそうとして……」

「でも――大丈夫だったのね？」

「うん。奴が自分で階段を転り落ちた」

「良かった！」

浩枝は安堵した。「大丈夫？　けがはない？」

「うん。助かったよ」

「その男の人は?」

「今、救急車を待ってる。でも、たぶん首の骨が折れてる。助からないだろう」

「そう……。でも、あなたでなくて良かったわ」

「うん。しかし――君、どうして分ったんだ? 奴が僕の後ろにいる、って」

「それは……」

と、口ごもっていると、

「もしかして、君じゃないのか? あの遊園地の事件の真相を知らせてくれたのは」

浩枝はすぐに否定できなかった。認めているのと同じだ。

「――片岡君。改めて話をさせて」

「ああ、分った」

「今夜、かけるわ。私から」

「分った。待ってるよ。――救急車が来たようだ」

「それじゃ……」

――通話を切って、浩枝はまたデパートへと歩き出した。

今は、今夜、麻紀に何を食べさせるかが、一番の問題だった……。

「お母さん、お腹空いたよ」

と、麻紀が言った。

「そうね……。お父さん、遅いわね」

仲田浩枝は、TVの画面に目をやった。〈7：35〉と出ている。七歳の子にとっては、夕飯の時間を過ぎているのだ。

「じゃ、先に食べましょ」

「うん！」

麻紀がおはしでご飯茶碗を叩いた。

「こら！　だめよ」

デパートで買って来たビーフシチューを、お鍋で温めた。まだ充分に温いが、一応ほんの三十秒ほどガスの火にかけ、お皿へあける。

「いただきます！」

と言い終るより早く、麻紀は食べ始めた。

子供は元気ね。――浩枝は見ていて、つい笑ってしまった。

「お母さん、食べないの？」

「食べるわよ」

と、浩枝はおはしを手に取った。

夫、仲田伴治がまだ帰らない。いや、もっと遅いことも珍しくはないが、遅くなるときはメールを入れて来る。しかし……。

そう。夫が「遅くなる」はずはないのだ。あの人はリストラされて失業しているのだから。

その事実を隠すために、わざと遅くなったりしているはずだ。——そう考えると、浩枝の胸は痛んだ。

これから生活がどうなるのかという不安。そして、夫がリストラされたことを打ち明けてくれなかったショック。

一方で、なかなか妻に話し出せなかった夫の気持も分らないではなかった。

そう。そのことで夫を責めるのはやめよう、と浩枝は思った。今日、帰って来た夫が自分から話してくれればそれでいいし、もしまだ隠そうとしたら、偶然のことで分ってしまった、と浩枝の方から話を切り出す。

いずれにしても、麻紀が眠ってからでないと話せない。もう七歳になれば、父親が会社を辞めさせられたことぐらい、理解するだろう。

でも、どうしよう？　すぐ次の仕事が見付かればいいが、夫は四十二歳。今、四十を過ぎて再就職するのは容易でないことを、浩枝も知っていた。

といって、浩枝が働きに出るのは……。パートの仕事ぐらいならあるだろうか？

ケータイが鳴って、ハッと我に返る。

「おかわり」

と、麻紀が空の茶碗を差し出した。

「ちょっと待ってね。きっとお父さんだわ」

メールではない。浩枝は居間のテーブルの上のケータイへと急いだ。やはり夫からだ。

「――もしもし、あなた？」

「ああ、僕だ」

「遅くなるの？」

少し間があって、

「実は今、札幌なんだ」

「え？」

浩枝は耳を疑った。「札幌って言ったの？」

「急な仕事で出張になったんだ。家に戻る暇がなくて」

「でも……何も持たずに？」

「一晩ぐらい、どうってことないさ。明日の夕方には帰るから」

「そう……。じゃ、気を付けて」

「ああ。そういうことだから」

「分ったわ」

切れた。——浩枝はしばらく立ち尽くしていた。

「お母さん」

麻紀の声で我に返ると、

「ごめんなさい！　おかわりね」

あわててご飯をよそう。

「お父さん、何だって？」

「ああ……。今夜、出張でお泊りですって」

「へえ、どこに？」

「札幌。北海道よ」

突然の出張なんて！　そんなことがあるわけないのに。

一体何があったんだろう？

「——ビーフシチュー、おいしいね」

と、麻紀が言って、浩枝はやっと笑顔を見せた。

「桐山哲二容疑者、四十五歳が、歩道橋の階段を転落、首の骨を折って死亡しました……」

ＴＶニュースの声が、耳に入って来た。

あの男だ。片岡刑事を突き落とそうとして、自分が転落死してしまった。

ニュースを聞いて、浩枝は、桐山という男が愛人を殺して逃げていたことを知った。

片岡は本当に殺されるところだったのだ。それを止められたことは嬉しかった。

「お母さん、お茶」

「はいはい」

麻紀は日本茶が好きなのだ。コーラの類はほとんど飲まない。

浩枝は自分もお茶を足して飲みながら、ふと思った。

片岡は桐山と「待ち合せていた」と言った。手配中の容疑者と「待ち合せる」？

それに、なぜ桐山はわざわざ片岡を突き落とそうとしたのだろうか。逃げているだけなら、片岡を殺す理由はなさそうだが。

「ま、いいわ……」

今度、片岡に会ったら、事情を訊いてみよう。もちろん、聞いたところで浩枝とは関係のないことだが……。

「お茶っておいしいね」

まるで大人のような口調で、麻紀が言ったので、浩枝は笑ってしまった。

ほんの少しの間でも、夫のことを忘れていたのである……。

5　うずく傷

札幌から帰る飛行機の中で、仲田はウトウトしていた。

ほんの一時間ほどだが、つい眠ってしまったのは、一つにはビジネスクラスの高級な座席だったからだ。もちろん、たまに出張することがあっても、当然席はエコノミー。

しかし、今日は――。

「もう着くわよ」

と、声をかけられ、仲田は浅い眠りからハッと目覚めた。

「ああ……。すみません」

と、頭を振って、「いいもんですね、ビジネスクラスって」

「そう？」

含み笑いして言ったのは、江戸伸代だった。

〈エステサロン・エド〉の経営者。

仲田が札幌に行ったのは、江戸伸代から、

「一緒に来て」

と言われたからだった。

再就職を頼んでいる仲田としては、ワンマンで知られるこの女性オーナーに逆らうことはできなかった。

それでも、「行ってどうするんだ?」という思いはあったのだが……。

もちろん、全く考えなかったわけではない。しかし――まさか、ドラマのような話があるわけはない。

そう自分へ言い聞かせて、「荷物持ちくらいか」と思っていた。

確かに、「荷物持ち」もさせられたが、結局のところ、仲田の仕事は十歳年上の江戸伸代の「夜の相手」をすることだった……。

江戸伸代が独身かどうか、訊いたことはなかった。誰もそんなことを話題にしなかったのである。

五十二歳とはいえ、エステサロンをやっているだけあって、江戸伸代の体も肌も若々しかった。――仲田は、ゆうべくたびれ切って眠った。

飛行機での居眠りの一因はその疲労だった。

それにしても……。

「――心配しないで」

と、江戸仲代は言った。「ちゃんと仕事は世話してあげる」

「よろしくお願いします」

「その代り……時々、出張に付合ってちょうだい」

仲代は空になったシャンパングラスを、ＣＡに渡した。

「江戸さん……。ですが……」

「奥さんに悪い？」

「いえ、そういうことでは……。もちろん、それもありますが」

と、仲田はあわてて付け加えた。「しかし、あなたなら、もっと若い男をいくらでも……」

「やめて。ホストクラブへ通って何千万も使うほど馬鹿じゃないわ」

と、仲代は言った。「若きゃいいなんて、そんな女じゃないのよ、私は」

「それはそうでしょうが……」

「あなたは平凡なサラリーマン。家庭があり、奥さんも子供もいる。そういう普通の男がいいのよ。スリルもあるでしょ？　いつ奥さんに知られるか」

「江戸さん——」

仲代は笑って、

「黙ってりゃ分らないわよ。大丈夫」

「はあ……」

飛行機が羽田に着陸すると、

「別々に出るわよ」

と、仲代は言った。

「はい」

さっさと降りて行く仲代を見送って、仲田はビジネスクラスから最後に降りた。

預けた荷物もないので、早々と出口を通る。

「さて……」

朝食をとったきりなので、腹が空いていた。何か簡単なものでも……。

チェーンのカレー店が目についた。

あれでいいや。――ゆうべは、札幌のホテルで神戸牛の鉄板焼を食べた。

むろん、この「出張」、飛行機、ホテル（同じスイートルームだが）、食事、すべて江戸
仲代が出している。

俺には、カレーくらいが適当だな。

歩きかけると、

「何ですって！」

と、ロビー中に響き渡るような声がした。

振り向くと、大分離れたところに、江戸伸代が立っていて、ケータイで話している。

そばでバッグを持っているのは、伸代の秘書だろう。二十代らしい男性だが、どこかくたびれ切った感じがする。

「あんた、取引ってものを分ってるの？　今度こんな電話をかけて来たら、あんたの会社へ乗り込んでって、ぶっ潰してやるからね！」

周囲の人が思わず足を止めて振り向いていることなど、全く気にしていない様子で、伸代は秘書へ、

「行くわよ！」

と、声をかけて、さっさと歩き出した。

秘書があわててついて行く。

ああいう社長じゃ、生気を吸い取られるよな、と仲田は思って苦笑した。

「俺も気を付けないと……」

と歩き出そうとして、横から来た女性とぶつかってしまった。

「あ！」

女性が転倒した。

しまった！　――仲田の方が前を向いていなかったのだ。

「失礼！」

と言って、身をかがめる。「大丈夫ですか？」

「はい……」

まだ十七、八と見える若い娘だった。ジーンズに薄手のコートをはおっていたが、ほとんど身なりに構っていない感じだ。

立とうとして、娘は、ちょっと顔をしかめた。

「どこかけがしたかい？」

と、仲田は訊いた。

「いいえ……。膝を打っただけです」

娘は立ち上ったが、その拍子に、持っていた布のバッグの手さげの紐が切れてしまった。バッグの中身が床に散らばる。

「拾ってあげるよ」

「いえ、大丈夫です！　本当に、私……」

「いや、僕が。――君はじっとして」

手帳やハンカチ、カード入れなどが散らばったが、仲田はそれらを拾ってから、財布を拾いかけた。

古ぼけた小銭入れで、落ちたとき、中の小銭が飛び散っていた。五百円が二つ、そして百円玉、十円玉……。

合わせても千四、五百円だった。

「これだけかな」

と、最後に財布を渡すと、娘は恥ずかしそうに急いでバッグへ入れた。

「どうも……」

と、娘は会釈して、行きそうにしたが、

「待ってくれ」

と、仲田は言った。「バッグ、紐が切れちゃったんだろ。また中身が飛び出ると……。僕のせいだ。一つ、バッグを買わせてくれ」

娘は面食らったように、

「いいえ！　とんでもないです！」

と、激しく首を振った。

どこかおどおどして、逃げ出したいと思っているような娘だ。

「いや、それじゃ僕の気がすまない。——どこかショッピングフロアがある。どれか気に入ったのを捜そう」

仲田の口調が、娘を落ちつかせたらしい。

「こんなボロのバッグ……」

と、恥ずかしそうにうつむく。

「大したことじゃないよ。さあ」

と促すと、娘は少しためらってから、

「あの……それだったら……」

「うん？」

「そこのカレー、おごって下さい」

と言って、娘は真赤になった。

「お腹が空いてる？　僕もなんだ。じゃ、先にカレーにしよう」

仲田が笑って言うと、娘はホッとしたように、初めて微笑んだ。

よほど空腹だったのだろう。

娘はカツカレーを、仲田も目を丸くするほどのスピードで平らげてしまった。

「――すみません」

と、紙ナプキンで口を拭う。

「ずっと食べてなかったの？」

と、カレーを食べながら、仲田は訊いた。

「昨日の朝、食べたきり……」

「そりゃあ空くよね。でも――」

「飛行機代が高かったので」

「そうか。どこから？」

「福岡です。安い便を捜したんですけど、急ぐので……」

「どこまで行くんだい？　送るよ」

「いえ、そんな……。ただ、あのお財布のお金しか持ってないんで、交通費、どれくらいかかるのか……」

「急な用だったの？」

「父が……死んだんです」

「それは……。お気の毒だったね」

「でも……」

と、娘は目を伏せて、「父は桐山哲二といって、人を殺して逃げてたんです」

仲田も、あまりに思いがけない言葉に食べる手を止めてしまった。

「——そう」

としか言えない。

「あの……私と口をききたくなかったら……」

「馬鹿言わないでくれ」

と、仲田は本気で腹を立てて、「僕はそんな了見の狭い男じゃないぜ」

「すみません」

娘はあわてて謝った。

少しして、仲田は笑った。娘も安堵したように笑った。

「君、名前は?」

「桐山エリ子です」

「そうか。僕は仲田。ま、見ての通りのサラリーマンだよ」

仲田は自分のカレーを食べ終えると、「じゃ、君のバッグを買いに行こう」

と言った。

片岡刑事が布をめくると、桐山哲二の青白い顔が現われた。

エリ子はギュッと唇をかみしめたが、分っていたことでもあり、ショックはなかった。

「確かにお父さんだね」

と、片岡に訊かれて、

「はい。――父に間違いありません」

と、エリ子は言った。

眠っているような、と言えれば良かったが、その白く乾いた肌は、明らかに眠っているときとは違っていた。

「気の毒だったね」

と、片岡は布を戻して、「他に家族は？」

「いえ……。私だけだと思います。母はもう十年以上前に亡くなりましたから」

「そうか。――ちょっとお茶でも飲もう」

と、片岡が促した。

――少し古びた喫茶店で、エリ子は熱くて甘いココアを飲んだ。

「あの……父が殺した人は……」

「うん。安達弥生といって、バーのホステスだった。二年くらい前からお父さんと一緒に暮していたんだ。というか、お父さんが彼女のアパートに転り込んだ、と言う方が正しいね。お父さんは色々あって警察に追われてたんで、仕事にも出られず、ぶらぶらしていた。その内、安達弥生が他の男と会ってるらしいと分って、二人で大喧嘩になり……。弾みで殺してしまった、ということらしいよ」

「そうですか……」

エリ子はため息をついて、「私にはやさしかったんですけど。――父は片岡さんを突き落とそうとしたって聞きましたけど」

「そうなんだ。僕は他の事件でお父さんを知ってたんでね、自首させようと思って、会うことにしてたんだ。でも――どういうわけか、僕を歩道橋で突き落とそうとして、僕がよけたら、自分が階段を凄い勢いで転り落ちてしまった。救急車を呼んだが、間に合わなくて……」

「みっともない」

と、エリ子は首を振って、「ご迷惑かけて……」

「いや、もう仏様になったんだからね」

と、片岡は言った。「お葬式はどうするんだい?」

「あ……。私も、ウエイトレスやってて、やっと食べてるんで、お金が……。一番安くてすむ方法を考えます」

「誰か相談する相手はいるの？」

少しためらってから、エリ子は、

「ええ。――一応」

と肯いた。

「じゃあ、連絡先を教えてくれるかい？　遺体を渡せることになったら知らせるよ。二、三日で大丈夫だと思うけど」

「よろしく」

エリ子は古い型のケータイ電話の番号を教えた。片岡の番号も聞いて、

「東京で済ましてから帰ろうと思います」

と言った。「ただ――福岡に帰ったらクビになってるかもしれませんけど」

片岡は仕事があるというので、先に支払いをして出て行った。

エリ子がココアの残りを飲んでいると、向いの席に仲田が移って来た。

「話は聞こえてたよ」

「すみません、こんな所まで」

「いや、大したことじゃないよ」

と、仲田は言った。「君——今夜泊るところはあるの？」

「どこか……捜します。といってもお金ないし……。働ける所があれば……」

「僕の知ってるビジネスホテルがある。それぐらいのことは僕にもしてあげられるよ」

「だめですよ。縁もゆかりもないのに……」

「たまたま出会ったのが縁さ。そうだろ？」

「でも、私……」

と言いかけたエリ子の手を、仲田が握った。

エリ子はハッとして、それでも、手を引込めようとはしなかった……。


シングルベッドと、小さなテーブルと椅子。

それで一杯の部屋だった。

「まあ、こういうホテルは寝るだけだからね」

と、仲田は言った。「ビジネスホテルは、たいていこんなもんさ」

仲田は振り向いて、ドアの所にまだ桐山エリ子が立っているのを見ると、

「どうしたんだ？　狭いんでびっくりしてるの？」

と訊いた。

エリ子は我に返ったように、

「――いいえ！　とんでもない」

と、首を振った。「こんな……きれいな部屋、泊ったことない」

「そう」

仲田は、エリ子の言葉が冗談でも何でもないと分った。エリ子は、中へ入って来ると、バスルームのドアを開けて、

「お風呂も付いてる！」

と、びっくりした様子で、「ここ……入っていいんですか？　タダで？」

「ああ、もちろん」

お風呂と言っても、むろんトイレも一緒のユニットバスで、バスタブは膝を立てないと入れない、狭苦しいサイズだ。

「タオルもある……」

と、バスタオルを手に取って、「凄くフワフワですね」

「ま、ゆっくり休むといいよ」

と、仲田は言った。「ＴＶはカードを買うんだ。エレベーターの前に販売機があっただろ」

「いえ、そんなもったいないこと、必要ないです」

と、エリ子は即座に言った。「お借りしたお金、むだには使いません」

仲田も、そう現金を持ち歩いているわけではないが、エリ子を放り出してしまうこともできず、このビジネスホテルの部屋を借りて、一万円を渡してやった。

「まあ……ともかくまた連絡するよ」

と、仲田は言った。

「ありがとうございました」

エリ子は深々と頭を下げた。

「いや……そう礼を言われると困るよ」

「でも……私の福岡で住んでるアパート、お風呂もトイレも共同で、それにお風呂っていっても、シャワーだけです。もう五十年くらいたってる木造のアパートで」

「今どき、そんなアパートがあるのか」

「いつも、お布団を干すことができないんで、冷たい布団に入って寝ます。一日二食で、お昼は抜くんです。ウエイトレスのお給料じゃ、そうしないとやっていけなくて」

「そうか。——まあ、僕だって、大したことはしてあげられないけどね。ともかく今夜はゆっくり眠るといい」

「はい。でも、あの……」

と、エリ子は口ごもる。

「何だい？」

「私……いいんですか、このまま一人で」

「――というと？」

「お礼しなくちゃいけないと思って……。私……」

エリ子が目を伏せる。仲田はやっと察して、

「君、僕がそんなつもりでここへ連れて来たと思ってるのか？」

「いいえ。でも――いつも、そうしてるので」

「いつも？」

「お給料の前借りしたり、お休み取ったりするとき、いつも店長さんが私を……」

「君は……ひどい生活をしてるんだな」

と、仲田は言った。

「でも、店長さん、とてもやさしいんです。私のこと、いじめたりしないし。私は――何もできないし、何も取り柄ないし。店長さんの言う通りにするくらいしか……」

仲田は言葉を失っていた。そんなことで女の子の体を好きにもてあそぶ。ひどい男だ。

しかも、エリ子はそれを「ひどいこと」だと思っていない。

それが哀れだった。

「僕だって、つまらない人間だ。でも、君のことを金と引きかえに抱いたりする男じゃない」

「はい……。怒りました?」

おずおずと訊くエリ子に、仲田は微笑んで、

「怒ってるさ。その店長って奴にね」

と言った。「何とか東京で君の仕事を見付けてあげる。だから、君は今すぐその店を辞めなさい」

「はあ……」

「ともかく、明日、また会おう。——僕は家へ帰るよ」

仲田が部屋を出て、エレベーターの方へ歩き出すと、ドアが開いて、エリ子が出て来た。

そして、

「ありがとうございました」

と、また頭を下げた。

仲田はちょっと手を上げて見せて、エレベーターに乗った。

6 妬み

「悪かった」

仲田は正面から浩枝に向って頭を下げた。

「リストラされたとき、すぐ言うべきだったんだ。頭では分ってたが、つい……」

「分るわ」

と、浩枝は言った。「もういいの。あなたの方から言ってくれて嬉しい。言いにくかったあなたの気持も分るし」

「そうか――。ありがとう」

仲田はホッと息をついた。「何と言われるかと思ってたよ」

「あなた、私が暴力でもふるうと思ってたの？」

と、浩枝は苦笑した。

夫の方から、

「話があるんだ」

と言い出したので、浩枝はリストラについて、全く知らなかったふりをしたのだ。

「だけど、心配いらない。江戸さんが雇ってくれると約束してくれた」

「良かったわね」

「まあ……同じ収入があるかどうか分らないが、そこは頑張るよ」

「ええ。無理をしないでね」

と、浩枝は言って、「麻紀をちょっと見てくるわね」

立ち上ると、寝室を覗きに行った。麻紀は深い寝息をたてている。

居間へ戻ると、

「よく寝てるわ。――麻紀には、あなたの会社のこと、黙ってましょうね」

「そうだな。リストラって言えば、今の子は知ってるかもしれない。転職したっていうことにしよう」

「いいわ。そうしましょう」

浩枝は微笑んだ。「いつから〈エステサロン・エド〉に通うの？」

「いや、まだそこまで話してないんだ。明日、ともかく江戸さんの会社へ行ってみるよ」

「急がなくていいのよ。少しぐらいなら蓄えもあるし」

「いや、こっちが落ちつかないからな」

仲田は伸びをして、「ああ、ホッとしたら眠くなって来た」

「ゆっくり眠ってちょうだい。明日はそう早く起きなくていいんでしょ?」

「だけど昼前には出かけるよ」

「明日は図書館のある日だから、十一時ごろには出かけるわ。しのぶさん、明日は用事で図書館に行けないって言ってたから、私がいないと……」

仲田は、細川しのぶの名前が出たので、ちょっとヒヤリとした。しのぶとも、一度ホテルで……。

だが、向うもあんなアルバイトをしていると知られたくないだろう。黙っていれば大丈夫だ。

「私、お風呂、まだだったわ。先に寝て。のんびり入って来るから」

と、浩枝は立ち上った。

仲田は、麻紀と一緒に、先に入ったのだった。

「——やれやれ」

バスルームからシャワーの音が聞こえて来ると、仲田はため息をついた。

しのぶとホテルへ行ったと思うと、江戸伸代に札幌へ連れて行かれ……。

そして、手は出さなかったものの、桐山エリ子も、仲田に身を任せようとした。

「うん……」

仲田は、浩枝に文句を言われなくてホッとしたせいもあったが、ちょっとふざけた気分で、「どうも、急にもてるようになったなあ、俺」

と呟いたのだった。

「リストラ?」

と、細川しのぶが言った。「ご主人が?」

「ええ、そうなの」

と、浩枝は肯いて、「主人ったら、私になかなか言い出せなくて、毎日家を出て、一日時間つぶしてたのよ。ドラマとかじゃ、そういう場面ってよくあるけど、本当にあるんだな、って思っちゃった」

――浩枝としのぶは、団地集会所の〈図書館〉を閉めてから、缶コーヒーを買って、表のベンチで話していた。

「でも、大変じゃないの」

と、しのぶは言った。

「ええ、本当にね。ただ、辞めた会社でお付合のあった社長さんが、雇って下さることになって」

「まあ、良かったわね」

「そうね。収入は減るんじゃないかと思うし、当分は大変。でも、主人が自分から打ち明けてくれたの。それが嬉しかった」

「そう……。なかなか言いにくいことでしょうね」

「ねえ。私もそう思ったの。私は何も知らないって顔をしてたけど、ちょっとしたことで聞いてたのよ。でも、知らなかったふりをしてた」

　細川しのぶは、無理をして笑顔になっていた。

　仲田が、リストラされたことを妻に打ち明けた。それは、しのぶには意外なことだった。仲田が次の仕事にあてがあるので、話しやすかったのかもしれない。

　それにしても……面白くなかった。

　しのぶは、浩枝が泣いて夫への恨みごとを言うのを期待していたのだ。だが、浩枝はいつもと少しも変らず、おっとりとしてベンチに腰かけている。

「じゃ、もう新しい会社に?」

と、しのぶは訊いた。

「ええ、昨日から」

　しのぶは缶コーヒーを飲み干すと、

「あ、そうだ。私、行かなきゃいけない所があったんだわ。失礼するわね」

「ええ。また……」

「ごめんなさい」

しのぶは、急いで5号棟へと戻って行った。

104号室へ入ると、

「――フン！」

と、鼻を鳴らして、「つまらない！」

人の不幸ほど面白いものはない。今のしのぶは、おいしいお菓子を食べそこなった子供のようだった。

部屋へ上ると、ケータイを取り出す。

しばらく呼出し音が聞こえていたが、

「――もしもし」

「仲田さん？　細川しのぶよ」

「何か用事？」

と、仲田は素気なく言った。「今、ちょっと忙しいんだ」

「新しい会社ですってね。おめでとう」

少し間があって、

「浩枝から聞いたのか」

「ええ。偉いじゃない。浩枝さん、幸せそうだったわ」

「それで、何か用？　急ぎでなければ――」

「ちょっと！　一緒に寝た仲でしょ。そんなに冷たくしなくたって……」

「もうなかったことにしよう。君の方だって、あんなアルバイトをしてると知れたらまずいだろ。用心した方がいいよ」

「まあ、そんな言い方って……」

「ともかく、もう連絡して来ないでくれ」

と言うと、仲田はさっさと切ってしまった。

しのぶは手にしたケータイを、しばらくにらみつけていた。――少し手が震えている。

「憶えてらっしゃい！」

と、しのぶは目の前に仲田がいるかのように言った。「このままじゃ、すまさないからね！」

といって、どうするという考えもなかったのだが……。

ケータイを手にしたまま、しのぶはしばらくダイニングの椅子に座っていた。

そして、ふと思い付くと、夫のケータイへかけた。

夫、細川啓一は、今も大阪へ出張しているが、今日の夕方には帰るはずだ。

「——どうした？」

と、細川が出た。

「あ、いえ、ごめんね。仕事中でしょ」

「いや、もう終って、帰りの新幹線を待ってるところだ」

「そう。ね、今夜、外で食事しない？」

「何だ、珍しいこと言うな」

「たまにはいいかなと思って。遅くなるの？」

「いや、一旦社に寄るけど、七時くらいには……」

「じゃあ、どこかおいしい店で食事しましょうよ。たまにはぜいたくして。ね？」

「分った。じゃ……銀座辺りで待ち合せようか」

「ええ、そうしましょう！」

しのぶは夫相手にめったに出さない弾んだ声で言った……。

「色々ありがとうございました」

と、桐山エリ子は頭を下げた。

「いや、大したこともできなくてね……」

と、仲田伴治は言って、「まだ少しかかるんだろ」

「ええ。たぶん……あと一時間くらい」

と、エリ子は言った。

斎場の一室。――今、桐山哲二が遺骨になろうとしているところである。

もちろん、告別式などやらず、火葬にするだけだが、仲田が手続きも引き受けたのである。

「一度、福岡へ帰るのかい?」

と、仲田は訊いた。

「ええ。母のお墓に、お骨を納めないと。お店の方も……」

「何か連絡は?」

「店長さんから電話が。早く帰って来いって」

「もう辞めるんだ。そしてまた東京へ出ておいで。僕がその間に住む所を捜しておいてあげる」

「でも……何から何までお世話になって」

「いいんだ。好きでやってることなんだから」

と、仲田は言って、エリ子の手を握った。

エリ子は手を引込めようとはしなかった。

部屋のドアが開いて、二人は手を離した。

「——ここだったか」

「あ……。刑事さん」

片岡刑事だった。

「今日、ここでと聞いてね。お線香ぐらいあげたいと思ったんだ」

「わざわざどうも……」

エリ子は、仲田の方をチラッと見て、「あの……こちらは父の知り合いだった方で……」

仲田は片岡と型通りの挨拶を交わした。

「あなたが、その刑事さんだったんですか」

「ええ。何だか後味が悪くてね」

と、片岡は言った。「いや、あなたのような知り合いがいるのなら良かった。この子がどうしてるかと気になってたんです」

「あの……じゃ、お線香を」

「ああ、そうしよう。そのまま失礼するから。事件の捜査本部から抜け出して来たんで」

エリ子は、片岡を案内して、小さな焼香台の置かれている所へ連れて行った。

仲田も、何となく二人について行ったが……。

三人は当惑して足を止めた。

黒いスーツの女が一人、焼香して手を合せていたのである。

女は三人の方へ向くと、

「この方の……」

「あの……桐山哲二の娘です」

と、エリ子は言った。

「あなたが。――そうですか」
二十七、八というところだろうか。ＯＬ風の、垢抜けした印象の女性だった。
「あなたは？」

と、片岡が訊いた。「僕は警察の者です」

「あなたが片岡さん？」

「ええ……」

「私、安達直子といいます」

「安達？」

「ええ。桐山さんに殺された安達弥生の妹です」

「まあ……」

エリ子が目を見開いて、「そうですか。——申し訳ありません、父が……」

「あなたのせいじゃありません」

と、安達直子は遮って、「片岡さんにお会いしたくて連絡したら、こちらだと聞いたんです」

「父にお線香を……」

「姉は男にだらしのない人でした。あんなことになったのは自分のせいです。お父さんはお気の毒でしたね」

「恐れ入ります」

「直子さんとおっしゃいましたか」

と、片岡が言った。「事件のあったとき、弥生さんの親族の方を捜しましたが……」

「姉とは腹違いで」

と、直子は言った。「一度結婚して姓が変ったんですけど、別れて安達に戻って働いています」

「事件を知っていたんですか?」

「アメリカにしばらく行ってたんです。ですから、姉が殺されたと知ったのは帰国してからで、もう事件から何日もたっていました」

「そうですか」

「刑事さん。一つ伺いたくて」

「何でしょう?」

「報道だと、姉には他に恋人がいると知って、桐山さんがカッとなって姉を殺したということですが」

「ええ」

「その恋人というのが誰なのか、分ったんですか?」

片岡はちょっと詰って、

「それは……はっきりしませんでしたが」

「調べていただけません?」

と、直子は言った。「姉を殺したのは、その恋人じゃないかと思います」

「何ですって?」

片岡が愕然として、「犯人が桐山じゃないと?」

「私、そんな気がするんです」

安達直子は、淡々と言った。

「それは……」

と、片岡は少し考えながら言った。「何か理由があるんですか、桐山が犯人じゃないと思ったのには」

「理由と言うほどではありませんけど」

と、安達直子は言った。「印象です。——私、アメリカに行く前、姉の所に二、三日泊めてもらったことがあって。そのときに桐山さんと会ってるんです」

「まあ、父と……」

と、桐山エリ子が言った。

「確かに、はっきり言って、働く気もあまりない、ちょっとだらしない人でしたが……。あ、ごめんなさいね」

と、エリ子の方へ言った。

「いいえ、その通りです」

「でもね、話してみると、とても穏やかな、いい人でした。姉の方がむしろヒステリーを起したりしていましたが、桐山さんは笑って受け止めていました」

「そうですか……」

「姉のことも、『今のままじゃいけないと思ってるんだ』と……。『他にいい男がいたら、結婚するといい』とも言ってました。もちろん、そのときは自分がここから出て行く、と」

「父がそんなことを……」

「だから、桐山さんがカッとなって姉を殺すって、何だか納得できないんです。いえ、もちろん――」

直子は片岡が口を開く前に、「いざ、本当に男ができたら、カッとなったかもしれません。私はそこまで桐山さんのことを知りません。ただ、桐山さんが姉の首を絞めて殺したということが、どうにも想像できなくて」

片岡は少し考えて、

「弥生さんとの話で、他の恋人のことを聞きましたか？」

と訊いた。

「いえ、具体的には。ただ、ホステスだったから、たいてい酔って帰って来たようですが、私がいるとき、一度夜中に帰って来て、『男と一緒だったの』と言いました。『桐山にゃ悪いんだけどね』とも。――それだけです」

「どうもそれだけでは……。特に、桐山が死んで、事件はもう落着してしまっているのでね。これから捜査するわけにはいかないんですよ」

と、片岡は言った。

「分ります。それに桐山さんがあなたを殺そうとしたっていうのは事実ですものね」

「そうなんです。僕は彼のためと思って呼び出したんですが、彼にしてみれば、僕が罠でも仕掛けてると思ったかもしれませんね」

「すみません、お手間を取らせて」

と、直子は言って、エリ子の方へ、「あなたお名前は？」

「あ……。エリ子です。桐山エリ子」

「まだお若いわね」

「十八です」

「十八か……。力を落とさないでね。――これから何でもやれるわ。若さがあるんですもの」

「ありがとうございます」

直子は名刺を渡した。

「大学の先生なんですか」

と、エリ子はちょっと目を見開いた。

「まだ准教授よ」

と、直子は微笑んで、「何か困ったことでもあったら、連絡して」

直子は、片岡と仲田の方へ会釈して、足早に立ち去った。

「〈S大法学部准教授〉か」

仲田は名刺を覗き込んで、「まだ三十前だろう。優秀なんだな」

「確かにインテリって感じですね」

と、片岡が言った。「ともかく、一応は安達弥生の恋人ってのを捜してみよう。見付かるかどうか分らないがね……」

7　接点

怖いことなんかない！

そうだわ。本当のことを話すのに、何をビクビクする必要があるだろう？

川田岐子は〈社長室〉の金色のプレートのあるドアの前で、一度深呼吸してから、

「失礼します」

と、ドアを開け、中へ入って行った。

「――何か用かね？」

正面の机で、社長の万田良平が顔を上げた。

「お呼びと伺いましたので。――川田岐子です」

もう会社に来るな、と怒鳴られている。面と向って、何と言われるか、正直岐子は怖かった。

まあ、今の岐子には、保育園の小田切ルリ子という「心強い味方」がいるので、多少は気が楽だったが……。

だが――社長の万田は、少しの間岐子をぼんやり眺めて、

「ああ、そうか。君が川田岐子君か」

と言った。

「はい。クビと言われたことは分っているのですが――」

と言いかけると、

「いや、まあそれはいい」

と、万田は手を振った。

「――は?」

「忘れてくれ。ついカッとなったんだ」

「はあ……」

岐子は拍子抜けしてしまった。「では――何のご用で?」

「ああ、そうか。俺が呼んだんだったな」

大丈夫かしら?　岐子は何だか急におとなしくなった万田に、却って心配になってしまった。

「君は今――庶務にいるのか?」

と、万田はメモを手にして言った。

「そうです」

「では……今日付で異動だ」

異動！　――どこへ飛ばされるんだろう？

網走か桜島か――そんな所に支社はないが。

「今日から君は秘書室勤務だ」

「は？」

岐子は耳を疑った。「秘書室ですか？」

「ああ。――この隣の部屋へ行って、詳しいことを聞け。給料は上る」

「はい……」

わけが分らない内に、岐子は〈社長室〉を出た。

庶務から秘書室？　――普通では考えられない異動だ。

「どうなってるの？」

首をかしげながら、仕方なく秘書室のドアを恐る恐る開けると、

「あの……すみません」

と、声をかけた。

秘書室には五人の女性が働いているのだが――。

岐子が顔を出すと、それぞれ立ち働いていた五人が一斉に手を止めて岐子を見た。

「あの……社長から言われて……川田ですが……」

やはり何かの間違いか、と思っていると、

「まあ！　あなたが川田さんね！　待ってたわ！」

「一緒に仕事ができて嬉しいわ！」

「さあ、あなたのデスクはここよ！　日当りのいい席を選んどいたわ！」

ワッと寄って来て「大歓迎」してくれる。岐子は呆気に取られるばかりだった……。


「ママ！」

と、まなみが手を振った。

「まなみ、いい子にしてた？」

川田岐子は保育園へ入って来ると、「どうも」

と、小田切ルリ子に会釈した。

「ご苦労様」

と、ルリ子は言うと、「今日は、まなみちゃん、とてもぐっすりお昼寝したのね」

「うん」

「じゃ、お腹が空いたわね」

と、岐子はまなみに靴をはかせた。

そして、ルリ子の方へ、小声で、

「今日は会社でびっくりすることがあって」

と言った。

「まあ、本当？　それで、秘書室の居心地はいかが？」

と、ルリ子が言ったので、岐子は唖然とした。

ルリ子がいたずらっぽく笑った。

「じゃあ——そういうことだったんですね！」

と、岐子はやっと分って、「あなたが社長に？」

「私でなく、父がね」

「お父様が？」

「父は色々手広くやってるの。知り合いの経営者を通じて、おたくの社長さんに、ちょっと忠告してあげた」

「まあ……。道理で。何てお礼を言ったらいいか……」

「これくらい、どうってことないわ」

と、ルリ子は言った。「友達でしょ」

「でも——私があなたにしてあげられることなんか何もないわ」

「分らないわよ。人間、明日はどうなるか……」

そこへ、

「失礼」

と、入って来た中年の男。「こちらに川田岐子さんは……」

「あの——私ですが」

と、岐子は言った。「ああ！　刑事さんですね。古山さんの殺された事件で……」

「あ、失礼！　お顔を忘れて。県警の田代です」

「よくここが……」

「連絡しようと会社へ電話したら、もう帰ったと言われて。——話を伺ったときに、ここの保育園のことを聞いてました」

「そうでしたかしら？　何か急なご用で？」

「いや、そういうわけでも……」

田代刑事はちょっと口ごもった。

「私、もう戻ってますから」

と、ルリ子が他の子たちの方へと戻って行く。

「実は、〈Mエンタープライズ〉の万田社長のことですが」

と、田代は言った。「池田に古山さんを殺すように命じたとは立証できなくて」

「はあ……」

「結局、池田が自分で判断して古山さんを殺した、ということに落ちつきそうなんです」

「そうですか。――古山さん、気の毒ですね」

と言ったが、岐子にしても、これ以上事件に係っている余裕はない。

「まあ、そういうことで」

と、田代は言った。

「わざわざそのことで？　ありがとうございました」

「いや、こちらも力不足で」

と、田代は申し訳なさそうに言って、「しかし、万田社長もかなり落ち込んでいますよ。この事件のおかげで、〈K商事〉は〈Mランド〉買収を取り止めて、一切手を引くことにしたそうですからね」

「まあ、そうですか」

今日の万田の元気のなさが納得できたような気がした。

田代が帰って行くと、岐子はルリ子に今の話を聞かせた。

「万田さんも当分はおとなしくしてるでしょ」

と、ルリ子は言った。「新しいお仕事、頑張って」

「ありがとう。——給料はずいぶん増えて、助かるわ」

「良かったわね」

「でもね、私、スーツなんて持ってないの。急いで買わないと」

と、岐子は言った……。


「ご主人がリストラ?」

と、片岡は言った。「それは大変だったね」

「ええ」

と、浩枝は肯いて、「でも、今言った通り、次の仕事にもう通ってるから」

「良かったね。今はなかなか難しいだろ、転職って」

「そうね。幸運だったわ」

浩枝は、片岡と小さなビストロでランチを食べていた。お互い、自分の分は払うことにしている。

「——いや、こんなにゆっくり昼を食べるのなんて久しぶりだ」

と、片岡は言った。

「そうね」

浩枝は食後のコーヒーを飲みながら、「この間、話ができなかったけど……」

「やっぱり君なんだろ、匿名の電話は」

と、片岡は言った。

「ええ。あなたのケータイ番号を聞いてたからね」

「しかし、どういうことなんだい？」

「それは……」

と、浩枝は肩をすくめて、「私にだって分らない。ただ――夢を見るのよ、ときどき」

「夢？」

「ええ。この間の事件もね……」

浩枝は、〈Mランド〉での殺人の光景を、夢で見ていたことを片岡に話した。片岡はじっと聞いていたが、

「――驚いたな」

と、首を振って、「君、いつからそんな超能力を？」

「分らないわ。昔からじゃないことは確か。この何年かだわね」

「それで僕に知らせてくれた。──桐山のことは？」

「あれは……ふしぎね。眠っていたわけじゃないのに。パッと一瞬、あなたが歩道橋を転り落ちていく姿が浮んだの」

「そうか。いや、おかげで助かったんだから、礼を言わなきゃ」

「でも……」

浩枝は口ごもって、「桐山って人は死んだのね」

「うん……。残念だったよ」

と、片岡は言った。「桐山の娘が来てね、お骨を持って帰った」

「娘さん？」

「そう。桐山エリ子っていったかな。十七、八の、おとなしい子だったよ」

浩枝は、まさかそのエリ子を夫が助けているとは、もちろん思ってもみなかったのである。

「──あ、ごめんなさい」

浩枝のケータイが鳴った。席を立って、店の入口近くへ行くと、

「もしもし、あなた？」

「今、外かい？」

と、仲田が言った。

「ええ。お昼を食べてるところ」

「実はまた急な出張なんだ。仙台に二泊して、あさって帰る」

「そう。着替えは？」

「これから一旦帰って持って来るよ」

「いつもの引出し、分るわね」

「ああ、大丈夫。じゃ、また連絡する」

「分ったわ。気を付けて」

言い終らない内に、夫は早々に切ってしまった。浩枝はちょっと首を振って、

「仕方ないわね。新人だし……」

と呟いた。

あの江戸伸代というエステサロンの社長のおかげで、夫は失業しないですんでいるのだ。

少々こき使われるのもしょうがない……。

浩枝が席に戻ると、片岡はメールを読んでいた。

「何か急用？」

「ああ。行かなくちゃならない。いや、君はゆっくりコーヒー飲んでってくれ」

「でも――」

「今日は僕が払うよ」

「だけど――」

「助けてもらったお礼さ。それに、また世話になるかもしれないだろ」

「あんまり楽しい夢じゃないから、見たくはないけど……」

片岡が先に出て行くと、浩枝は残ったコーヒーをゆっくりと飲んだ。

「ありがとうございました」

店のレジの所で、預けたコートを受け取っていると、入って来た女性が、

「すみません」

と、レジの女性に言った。「〈Mエンタープライズ〉の万田で、夜の予約が入っていると思うんですけど」

〈Mエンタープライズ〉？　どこかで聞いた名だ。浩枝はちょっと考えて、

「ああ、あの……」

夢で見た事件の起った〈Mランド〉を持っている会社だ。

逮捕されたのは〈Mエンタープライズ〉の社員で、社長がやらせたのでは、と疑われていたはずだ。

そう。社長が確か万田といったっけ。

「人数を二人増やして、六人にしてもらえますか」

秘書らしいその女性が言った。「――よろしく。私、万田の秘書の川田と申します」

浩枝は外へ出た。

風が少し冷たく、冬の気配を感じさせた。

浩枝は、どこかで買物して行こうと思って、足を止めた。――今夜、夫がいないとなると、ご飯、どうしよう？

そのとき、浩枝はふと誰かの視線を感じて、振り向いた。

女の子が立っていた。――五、六歳だろうか。まだ小学校には入っていないだろう。

赤いコートをはおったその女の子は、ふしぎな表情で浩枝を見ていた。

何だろう、この子は？

浩枝はその女の子から目を離せなかった。その目は、何かを浩枝に語りかけているかのようだった。

すると、不意に、

「あなたも？」

と、その女の子が言った。

いや、言ってはいない。声はしていなかった。

それなのに、浩枝の耳に聞こえたのだ。

あなたも？

ほとんど無意識に、浩枝はその女の子に向って、「あなたも？」と、言葉を返していた。

口には出さず、頭の中だけで。

すると、驚いたことに、

「私たち、一緒ね」

という言葉が返って来たのだ。

無言の会話。——こんなこと、あるの？

「私、川田まなみ」

「私は仲田浩枝」

二人は無言で名のった。

これは夢じゃないんだ。現実のことだ。

ビストロから、あの女性が出て来た。

「まなみ、ごめんね」

と、その女性は言った。「寒くなかった？」

「うん。ママ、お腹空いた」

「そうね。じゃ、近くで食べましょうか」

と、女の子の手を引いて歩き出そうとしたが――。

女の子が、じっと浩枝を見つめていた。

「まなみ、どうしたの?」

「あの人……」

「え?」

母親が浩枝を見た。

「仲田浩枝さんっていうの」

まなみという子が言った。「そうだよね?」

浩枝は肯いて、

「あなたは川田まなみちゃんね」

「うん」

まなみは肯いて、「ママ、あの人、私と同じ」

と言った……。

8　境界

「助かりましたよ」

と、アパートの家主は部屋の鍵を開けながら言った。「家具もそのままになってるんでね。どうしようかと思って……」

「ご迷惑かけました」

と、安達直子は言った。「家具や荷物、一切私の方で業者を頼んで処分いたします」

「そうしてくれるとありがたい」

と、家主も上機嫌になって、「何しろ、空いてくれれば次の入居者を捜せるんですがね。このままじゃ、どうしようも……」

「そう多くありませんね、荷物といっても」

と、直子はザッと部屋を見て回り、「取っておきたい物を先に選んで持ち出します。その後、処分の手続きを……」

直子はちょっと考えて、「今度の土日に来て、取っておく物を選びます。業者に入ってもらうのは、その次の週末でいいでしょうか」

「ええ、もちろん」

「手配したら、改めてファックスででもご連絡します」

直子は名刺を取り出して、「何かありましたら、ここへ連絡を」

何しろ〈S大学法学部准教授〉の肩書である。アパートの家主はすっかり敬服した様子で、「分りました。しかし、お姉さんはお気の毒でしたね」

「どうも。――姉妹といっても、性格も正反対で」

と、直子は言って、「あ、そうそう。この部屋代、たまっていませんか?」

「あ……。まあ、二、三か月……。でも、いいですよ、それは」

「そういうわけにはいきません。何か月でいくらになるか、教えて下さい」

「分りました」

直子は、姉、安達弥生が桐山哲二と暮していた部屋の中を見回していたが、やがて家主の方へ、

「姉の所へ、男が訪ねて来ていませんでしたか?」

と訊いた。

「男?」

「桐山さんは一緒に暮してたんですから、当然ですけど、桐山さん以外の男性を見かけま

せんでしたか？」

「さあ……」

家主は首をかしげて、「私はここを任されてはいますが、ここに住んでるわけじゃないので」

「それは失礼しました」

「このアパートでは、一番古い方に訊いてみて下さい」

「ありがとう。そうします」

家主が上機嫌で帰って行った後、直子はアパートの部屋、一つ一つを訪ねて、用意して来たクッキーの小箱を配った。

「姉がご迷惑をかけまして」

殺されたとはいえ、同じアパートの住人にとって、ありがたい話ではない。直子はそこに気をつかったのである。

そして、「姉の所に桐山以外の男が来ていなかったか」を訊いてみたが、心当りがあるという人は一人もいなかった。

むろん、留守の部屋もあったが、そう毎日ここへ来ていられないので、隣家の人にクッキーを預けた。

そして、姉の部屋へ戻ると、玄関の前に突っ立っているノッポの男性がいた。

「ああ、来てたの」

と、直子は言った。「悪いわね、個人的なことで」

「いいえ」

ボサボサの髪のこの若者は、谷口紀男。安達直子の研究室にいる助手である。

背が高く、何だか頼りなげだが、手先が器用で、直子は重宝していた。

「中へ入っててていいのに」

「そんなわけには……。ここが先生のお姉様の――」

「ええ。ここで殺されたわけじゃないけど、やっぱり何か恨みが残ってるような気がするわ」

「いやだな、僕、怖がりなんですよ」

大きな体で言うのがおかしい。

「じゃ、入って。姉の持物を片付けるのを手伝ってほしいの」

「分りました」

と、谷口は部屋へ上ると、「段ボール、用意して来ましたけど、車にあります。持って来ますか？」

「助かるわ！　組み立てて」

「はい、すぐ取って来ます」

そういう点、谷口は直子も感心するほど気のきく男なのである。

さっさと手早く段ボールを作って、畳の上に置く。

直子は押入れを開けて、中の物を引張り出した。――姉の弥生は、物を片付けたり整理したりするのが苦手だった。

だから、却って何か興味深い物が出て来るかもしれない、と思っていた。

その中に、弥生の「恋人」が誰だったか分る物があるかもしれない。

着替えやタオルを詰め込んだプラスチックケースがいくつかあった。一つずつ、中を全部取り出してみる。

案の定、古いカセットテープだの、何年も前のカレンダーだの、意味の分らない物がいくつも出て来た。

谷口は、その間に掃除機を使って、部屋の掃除をしたり、風呂場を磨いたりしていた。出て行く以上、きれいにしておかねば、と直子が思って、谷口に頼んだのである。むろん、「アルバイト」ということで、日当は払うことにしている。

しかし、物を一つ一つ見て、捨てるかどうか決めるという作業は手間取るもので、いつの間にか夜になっていた。

どうせ、週末にやるつもりだったので、適当に切り上げると、

「谷口君、ありがとう」

「いいえ、僕、掃除って得意なんですよ」

谷口は額に汗が光っていた。

「今日は引き上げましょう。――鍵をかけておくから大丈夫」

明りを消し、姉の部屋を出る。

「先生、大学に戻るんですか？」

と、谷口が訊く。

「ええ。机の上も放ったらかしで出て来ちゃったからね」

「じゃ、車で送りますよ」

「いいの？　悪いわね」

「僕のボロ車ですけど」

「動きゃいいわよ」

と、直子は言って、「谷口君、お腹空いたでしょ？　何か食べて行こう」

「あ、それじゃ、すぐ広い通りに出た所にファミレスが」

「じゃ、寄って行きましょ。おごるわよ」

「本当はあてにしてたんです」

と、谷口は言って笑った。

確かに、中古の軽乗用車がガタゴトと走り出し、アパートを後にすると……。

電柱のかげでそれを見ていた男が、静かにアパートへと近付いて行った……。


「そんなことがあるんですね」

と、川田岐子が言った。

「ええ、本当に」

と、浩枝は言った。

川田岐子とまなみ、そして仲田浩枝の三人で、フルーツパーラーに入っていた。

まなみはせっせとフルーツパフェを食べている。浩枝と岐子はコーヒーを飲んでいた。

「まなみちゃんはいつごろから？」

と、浩枝が訊く。

「さあ……。まだ何しろ小さいので」

と、岐子は言った。「二つぐらいのころから時々変なことを言うな、と思ったことがあったんです。でも、気のせいだと思っていて……」

「そうでしょうね」

「特に、私はシングルマザーなので、仕事に必死で、まなみの話し相手をしてやる時間がありませんでした」

「そうでしょうね」

と、浩枝は肯いた。

「あ、私、〈Mエンタープライズ〉の秘書室に勤めています」

川田岐子が名刺を出した。

「まあ、社長さんの秘書？　優秀ですね」

「いいえ、とんでもない。ついこの間まで、普通の事務をやっていたんです」

「私は仲田浩枝です」

と、改めて名のって、「専業主婦なので、名刺はありませんけど」

「じゃ、お子さんが……」

「はい。今、七歳。小学一年生です」

「お子さんにも……」

「いいえ、娘は全然。——もう少し親の気持を察してくれるといいんですけど」

と、浩枝は笑った。

するとパフェを食べていたまなみが、ふと手を止めて、口の周りについたアイスクリームを手の甲でギュッと拭うと、

「おばちゃん、ママの会社のこと、知ってるんだよね」

と言った。

浩枝はギクリとした。なぜ知っているのか、川田岐子に話したものかどうか、迷っていたからだ。

「まなみちゃんには、何も隠しておけないわね」

と、浩枝は言った。「いいえ、〈Mエンタープライズ〉って、ニュースで見ていたものですから」

「ああ、古山さんが殺された事件ですね。あの人とは仲が良くて。いい人でした」

まなみも、浩枝が〈Mエンタープライズ〉の事件に、どう係ったかまでは分らない様子だったので、とりあえず今は言わないことにした。

いきなり、

「殺されるところを夢で見た」

などと言ったら、気味悪がられるだろう。

「ほら、ちゃんとお手々を洗いましょうね」

パフェを食べ終えたまなみは、口の周りや手がベタベタになっていた。岐子がまなみをトイレに連れて行く。

「——驚いた」

と、浩枝は呟いた。

世の中には、自分やまなみのような能力を持った人間が他にもいるのだろうか。

しかし、浩枝は〈Mランド〉での殺人はもう犯人も捕まったのだし、これ以上、あの母娘と係ることもないだろうと思った。

この先、何が起るか。——その予測は、浩枝にもできなかったのである。

「良かったわ、気が付いて」

浩枝はコンビニからの帰り道、団地へと急いで入って行った。

夕飯の仕度をしていて、

「今夜は麻紀と二人だし……」

麻紀の好きなオムレツにしようと決めた。

そして、麻紀が帰って来たので、早速作ろうとして、ケチャップがなくなっていたことに気が付いたのである。

麻紀はＴＶを見ているので、急いで近くのコンビニへ走って、ケチャップを買って来た。

「雨にならなくて良かった……」

夕方から降るという予報だったのだが。

そう思ったとたん——天が「降らさなきゃ悪い」とでも思ったのか（?）、ザーッといきなり降って来たのだ。

「いやだ！」

団地へ入っていたものの、3号棟には少しある。ともかく目の前の5号棟にバッと飛び込んでいた。

「もうちょっとなのに……」

突然の、本降りの雨だった。——通り雨だろう。

少し待てば、小降りになるのでは、と思った。

すると、

「冗談じゃないぞ！」

と、男の声が聞こえた。

え？　——何だろう？

浩枝は5号棟の入口、集合ポストのある辺りに立っていた。少し奥にエレベーターホールがある。

階段のかげになっているのだが、エレベーターホールで誰だかが言い合いをしているようだった。

「そんなこと言ったたって仕方ないでしょ」

と、女の声がした。「できちゃったものは今さら」

「ちゃんと納得ずくだったろ！　お互い、子供じゃないんだ。遊びだから、って言ったのはお前じゃないか」

「分ってるわよ。でも……そう割り切れやしないわ」

「だからって……。産むなんて言わないよな？」

「それで話に来たんじゃないの」

「話って何だよ？　ここには女房がいるんだぞ！」

「奥さんに会わせて」

「冗談じゃない。なあ、困らせないでくれよ」

「困ってるのはこっちよ。子供産むのは女なんだからね」

「堕ろせよ。――金は何とかするから」

「そう。冷たいのね」

女の声が震えた。

「だって、お互いに――」

「大人の付合いね。分ってるわ。でも、こうなると私……。私だってもう若くない。この先、子供産めるかどうか分らないもの」

「今さら何だよ……」

男の方はうんざりしている。「な、ともかく今夜は……。しのぶがもうそろそろ帰って来るんだ」

――浩枝は思わず息を呑んだ。

細川しのぶの夫だ。出張が多いと言っていたが……。

「私、大阪へは帰らないわよ」

「おい……。分ったよ。ともかく、今夜はどこかに泊ってくれ。明日、ゆっくり話そうぜ」

「ホテル代、ちょうだいよ」

「――分ったよ」

金を渡したのだろう。細川は、

「いいな。いきなり訪ねて来たりしないでくれよ」

「じゃ、ちゃんと連絡して」

「分った。――明日、ケータイにかけるよ」

「何時ごろ？」

「会社終ってからだな。六時くらいか」

「待ってるわ。駅前のビジネスホテルに泊ることにする」

「ああ、そうしてくれ」

雨はまだ降っている。

浩枝は足音を忍ばせて、階段を踊り場まで上った。

女がレインコートのえりを立て、外へ出て行く。

細川しのぶの部屋は一階の１０４だ。

サンダルの足音が遠ざかると、浩枝はホッとした。

「まあ……。何てこと……」

と呟いて、棟を出ようとする。

幸い雨は小降りになった。

思い切って、３号棟へ駆けて行こうとすると――。

「あら、浩枝さん」

傘をさして、細川しのぶがやって来たのである。

「あ……。どうも」

「どうしたの？」

「急に降って来たから、雨宿り」

と言って、「それじゃ、また」

浩枝は雨の中、3号棟へと駆け出した。


「お母さん、どうしたの？」

TVを見ていた麻紀が、雨に濡れて帰って来た浩枝を見て、びっくりしたように言った。

「別に。――雨がなかなか止まなくて」

浩枝は息を弾ませて、「麻紀ちゃん、もう少し夕ご飯、待っててくれる？　お母さん、着替えるから」

「うん、いいよ」

麻紀は呑気にTVを見ている。

浩枝は買って来たケチャップを冷蔵庫へ入れると、急いでお風呂場へ行って、濡れた服を脱いだ。

バスタオルで、髪や顔を拭って、それから着替えに寝室へ入って行く。

「ああ、びっくりした……」

と、思わず呟く。

細川しのぶの夫が浮気。――相手の女の姿は、コートのえりを立てて出て行く後ろ姿を見ただけだが、話の様子では大阪から出て来たらしい。

おそらく、細川が大阪へ出張する度に会っていたのだろう。そして、思いがけず妊娠してしまった。

女は、そう若くないらしい。「産みたい」と言っていた。

しかし、細川にしてみれば、とんでもない話だ。今だって、しのぶがしばしばこぼしているように、収入はそう多くないようだ。

女の産んだ子の面倒など、とてもみられまい。それに、しのぶだって子供がほしいと思っているだろう。

あの女のことが知れたら、ただではすむまい……。

「分んないものね」

と、浩枝は呟いて、手早く着替えると、急いで台所へと向った。

まさか——自分の夫が、出張先で社長と寝ているとは、思ってもいないのだった。

仙台のホテルで、仲田はバーに入っていた。

もちろん、社長の江戸伸代のお供だ。

ホテルの中で食事をすませたところに、電話があって、江戸伸代は急に出かけてしまった。ただし、

「できるだけ早く帰って来るわ」

と、仲田に言って行くのを忘れなかった。

仲田はバーで軽くカクテルを飲んでいた。

酔っ払って、役に立たなくなったら困る。

ケータイが鳴った。

「もう帰ったのかな……」

と、出てみると、

「仲田さん？　すみません、こんな時間に」

「ああ、エリ子君だね」

仲田はホッとした。

桐山エリ子の、控えめで遠慮がちな態度は、仲田がついて来ている江戸伸代とは正反対だ。仲田はエリ子の声を聞いて救われるような気がしたのである。

「何かあったの？」

と、仲田が訊く。

「あの……私、ウエイトレス、辞めました」

「そうか。例の店長は？」

「ええ。お店を勝手に休んだ、と怒って、許してほしければホテルへ一緒に行けって」

「ひどい奴だな！　断ったんだろうね？」

「はい。もう言うこと聞きません、って言ったら、店長さん、キョトンとしてました」

「辞めて良かったんだよ」

「ええ。何だか胸がスッとしました」

エリ子の声が明るく弾んで、仲田は嬉しかった。

「私——明日東京へ行こうと思ってるんですけど」

「そうか。いや、実は今出張で仙台に来ていてね。帰るのは明後日になる。君、明日一日泊るお金はあるの？」

「はい。ほんの少しですけど、貯金があります。明日、アパートも片付けて出ようと思います」

「分った。明後日帰ったら連絡するよ。先のことも会って相談しよう」

「ありがとうございます」

と、エリ子は言って、「でも……仲田さん、私と何の縁もないのに、甘えてしまっていいんでしょうか」

「そんな心配は無用だよ。できるだけのことはしてあげたい」

「ありがとう。――忙しいんでしょ?」

「今、ホテルのバーだよ。社長が戻ってくるのを待ってるところさ」

仲田は、自分が何のために仙台まで来ているのか、エリ子が知ったらどう思うだろう、と考えた。

エリ子がその店長に抱かれていたのと、自分が江戸伸代と寝るのと、どう違うのか。

「じゃあ、明後日」

と、エリ子は言った。「明日、この間のホテルに泊ります」

「分った。会うのを楽しみにしてるよ」

「私も！　仲田さん、本当にありがとう。私の命の恩人です」

エリ子の言葉に、仲田の胸は熱くなった。

通話を終えても、仲田はしばらく手の中のケータイをじっと見下ろしていた。

また鳴り出して、ギクリとする。

「これから帰るところよ」

と、江戸伸代が言った。「今、どこにいるの?」

「ホテルのバーです」

「部屋で待ってて。いいわね」

「分りました」

仲田は、現実に引き戻されて、思わずため息をついた……。

9　人影

「どうもありがとう」

大学に着くと、安達直子は車を降りて言った。「助かったわ」

「いいえ、僕の方こそ」

と、谷口紀男は言った。「夕飯おごってもらっちゃって」

「ファミレスよ。大したことじゃないわ」

と、直子は笑って、「じゃ、気を付けて帰ってね」

「はい。先生も、あんまり夜中までいない方がいいですよ」

「どうして?」

「この間、大学のガードマンが言ってました。夜中に、大学へ入って来ようとする人間がいるんだって」

「泥棒?」

「いいえ、どこかで寝ようっていうホームレスじゃないですか? そろそろ夜は寒いですし」

「ちゃんと夜寝る所ぐらい、用意すればいいのよね、公的機関が」

そう言って、安達直子は、「ともかく、私は大丈夫。たとえ痴漢に襲われても、合気道やってるもの」

「え？　そうなんですか？」

と、谷口は目を丸くした。

「そうよ。一度手合せしましょうか？」

「いえ、結構です」

と、谷口は笑って言うと、「じゃ、失礼します」

「また明日」

谷口の中古車がブルブルと危なっかしい音をたてて走り出した。

直子はもう暗くなったS大学の構内へ入って行くと、巡回していたガードマンと出会った。

「安達先生、また夜勤ですか？」

と訊かれて、

「そうなの。夜中に封筒貼りの内職をしないと、貧しくて食べていけないのよ」

と、わざと情ない表情で答える。

二人は笑って別れた。

直子は研究室へと階段を上って行った。

准教授で、個人の研究室を持つことは珍しい。直子はそれだけ国内だけでなく、海外でも論文を発表して、注目されていた。

S大としては、直子をアメリカやドイツの大学へ持って行かれるのを防ぎたいのだろう。要求したわけでもないのに、去年からこの一室を与えられたのだ。

むろん、そう広くはないが、自分一人で使える空間、パソコンなどがあるのは嬉しかった。

「ああ……。疲れた」

一応古ぼけたソファがある。そこに座って手足を伸す。

姉、安達弥生の部屋の片付けをするのに、思いの他疲れたようだ。しかも、谷口と一緒に夕食をとった。

谷口の元気な食べっぷりにつられて、ついいつも以上に食べてしまった。その結果、眠くなるという状況……。

「帰れば良かった」

と呟いてみたが、せっかく谷口が車で送ってくれたのだし……。

直子は電気ポットのお湯を沸かし直して、インスタントコーヒーをいれた。

机に向うと、バッグの中を探る。

ケータイを取り出し、メールをチェックする。

「――あ、そうだ」

姉の荷物を片付けていて見付けたものがある。小ぶりな赤い手帳だ。

姉、弥生は、まめに手帳に予定などをメモするタイプではなかったが、取ってあったということは、何か書いてあるのだろう。もしかすると、正体の分らない「恋人」のことが分るかもしれない。

そう思って持って来たのだ。

コーヒーをゆっくり飲みながら、直子は机の上のスタンドを点けて、弥生の手帳をめくって行った……。


「あれ?」

そのころ、谷口は赤信号で車を停めて、ポケットからケータイを取り出そうとしていた。

「――おかしいな」

ポケットに入っていない?

「そんな……」

谷口は他のポケットや、助手席に置いたバッグの中を捜したが、見付からない。

後ろの車にクラクションを鳴らされて、信号が変っているのに気付き、あわてて車を出した。

路肩に寄せて車を停めると、本気で捜し始めたが見当らない。車の中に落としたかとも思ったが、やはり見付からない。

その内、

「――え？　まさか！」

と、思わず呟いた。

あの安達直子の姉の部屋で、ケータイを使った。そして……どうしたろう？

どこかその辺に置いた？　あり得る！

「参ったな……」

ご多分に洩れず、谷口もケータイに色々予定を入れている。あれがないと……。

「あのアパートに戻るか」

しかし、戻ったところで、鍵がない。

しばらく迷っていたが、こうなったら仕方ない。

「先生に電話して――」

と思ったが、ケータイがないのだ。「畜生！」

谷口は車をUターンさせて、S大学へと走らせた……。


「本当にすみません」

ハンドルを握った谷口が言うと、直子は笑って、

「何回謝れば気がすむの？」

と言った。「私も、大学から帰るつもりだったから、ちょうどいいのよ」

「でも……。本当に情ないです」

――谷口はS大に戻って、直子から鍵を借りようとした。しかし、直子の方も、

「それなら一緒に行ってあげるわ」

と、大学を出ることにした。

そして、弥生のアパートへ寄った後、直子のマンションまで送らせることになったのである。

「――もうじきだ。もし、アパートにケータイがなかったら、どうしよう」

「いつも言ってるでしょ。ちゃんと手帳に書きなさいって」

「全くですね」

と、谷口はため息をついた。

車が弥生のアパートの前に着いた。

「じゃ、行きましょう」

直子は助手席から降りて、バッグから弥生の部屋の鍵を出したが――。

「すみません、本当に」

と、谷口がくり返した。

「明りが」

「え？」

「姉の部屋に明りが点いてる」

――二階の部屋の窓は、確かに明るかった。

「私……確かに明りを消して出たわ」

「そうですよね。じゃ、誰が……」

谷口と直子は顔を見合せた。谷口は、

「鍵を貸して下さい。僕が見て来ます」

「でも――」

「大丈夫ですよ。一人で行って来ます」
直子は、鍵を谷口へ渡した。
外廊下なので、二階の弥生の部屋のドアも外から見えている。
谷口は階段を上って行った。
「――気を付けて」
直子は呟くように言ったが、谷口には聞こえなかったろう。
谷口がドアの前に立って、中の様子をうかがっている。
そして、ドアのノブをつかむと――ドアが開いて来た。誰かいるのだ。
谷口が中へ入って行く。次の瞬間、明りが消えた。
そして――銃声が夜の静けさを貫いた。
「谷口君！」
直子は階段を駆け上がった。危いという思いは忘れていた。
ドアを思い切り開けたとたん、中から飛び出して来た男に直子は突き飛ばされた。
直子が狭い廊下に転ると、その男はアッという間に階段を駆け下りて行ってしまった。
男の姿はほとんど目に入らなかった。
直子はやっと起き上ると、

「谷口君！」

と、中へ入って行った。

明りを点けて、直子は息を呑んだ。

谷口が玄関に倒れていたのである。

「谷口君！　しっかりして！」

抱き起こすと、手にべったりと血がついた。――撃たれてる！

「谷口君！」

谷口が呻いた。――直子は、谷口の右腕から血が出ているのを見た。

「腕を撃たれたのね！　押えて。でも良かった、心臓じゃなくて」

「でも……痛いです」

と、谷口が情ない声を出した。

「すぐ救急車を呼ぶから！」

震える手でケータイを取り出す。

「先生……」

「え？」

「僕のケータイ、捜して下さい」

と、谷口は言った。

救急車を呼ぶと、安達直子は撃たれて血が出ている谷口の右腕の上腕部をスカーフで固く縛った。

「大丈夫？　すぐ救急車が来るから」

「何とか……。僕、血を見ると弱くて……」

逞しく見える谷口の意外な言葉に、直子は却ってホッとした。

「谷口君、相手の男、見た？」

と、直子は訊いた。

「いえ……。一瞬のことで……」

「そう。私も、いきなり突き飛ばされたから」

しかし、拳銃を持っているというのは、普通でない。

「姉が、桐山って男と暮してたからね。その関係で、ヤクザと何かもめてたのかもしれないわ」

と、直子は言った。

部屋の中を覗いてみると、押入れや引出しの中身が床にぶちまけられている。

何かを捜しに来たのだ、と思った。

しかし、何を？　――この様子では、おそらく見付けていないのだろう。

「あ、これ」

床に落ちていたケータイを拾って、「谷口君、これね？」

と見せると、

「ああ、良かった！」

と、谷口は息をついた。

「彼女からの電話でも待ってるの？」

と、直子はからかった。

じきに、救急車のサイレンが近付いて来た。


「いや、とんでもないことでしたね」

と、片岡刑事が言った。

「幸い、谷口君は大したけがではなかったそうです」

と、直子は言った。

「腕をかすった弾丸が見付かるといいんですがね」

と、片岡はアパートの玄関に立って、「弾丸はここから外へ飛んで行ってしまった。なかなか見付からないでしょう」

「中は片付けてもいいでしょうか」

「構いません。指紋などの採取は終りましたから」

姉のアパートに、捜査員が入っている。

「心臓に当ったりしなくて良かったですわ」

と、直子は言った。

「犯人はあなた方が戻ってくると思っていなかったんでしょうね」

「ええ。——鍵を持ってる、ってことですね」

直子の言葉に、片岡は肯いて、

「そういうことになりますね。失礼ですが鍵をかけなかったということは……」

「それは絶対にありません」

直子は即座に断言した。「明りを消して、谷口君を先に廊下へ出してから、しっかり鍵をかけました。ドアノブを回して、開かないことを確かめました」

「それなら間違いありませんね」

「ここの鍵を持っていたってことは……。姉の恋人だったってことじゃないでしょうか」

「その可能性は高いですね。一応、調べてはいたのですが……。こうなると、もっと力を入れて捜さなくては」

「お願いします」

と、直子は言った。

「拳銃を持っていたとなると、やはりその筋の男でしょうかね。――しかし、中の荒らされようからすると、何かを捜していたんでしょう」

「その男が誰か分るような物でしょうか」

「そうですね。――あなたはここを整理したんですね？　何かその手掛りらしいものはありませんでしたか？」

「姉の手紙とか、個人的な物は大学へ持って行ったんです。まだ全部に目は通していませんが……」

「何か男の身許を特定できそうなことが分ったら連絡してもらえますか」

「もちろんです」

と、直子は肯いた。「ともかく、中はザッと片付けるしか……。大学の講義をそう休めませんから」

「なるほど、大変ですね」

片岡のケータイが鳴った。「失礼。――もしもし？」

「片岡君？　仲田浩枝よ」

「やあ。何かあった？　もしかして、また予知夢でも見たかな」

「そんなことじゃないの」

と、浩枝は言った。「もっと現実的な問題でね。今、時間あるかしら」

「ちょっと事件の現場でね。もうすぐ終るけど」

場所を聞くと、浩枝は、近くにいるから、と一時間後に待ち合せることにした。

片岡が通話を切ると、

「今、『予知夢』っておっしゃいました？」

と、直子が訊いた。

「え？　——ああ、そうなんです」

片岡が浩枝のことを話すと、直子は目を輝かせて、

「面白いわ！　よろしかったら、その方と会わせていただけません？」

と言った。

「はあ……」

片岡は当惑している。

「桐山さんからあなたを守った人なんですね？　ぜひお話を伺いたいんです」

直子は熱心に言った。

待ち合せたコーヒーショップで、仲田浩枝はケータイのメールを読んでいた。どこか不安げな表情である。

片岡が入って来るのを見ると、ホッとしたように手を振った。

一緒にいる知的な雰囲気な女性は、どうも片岡とは似合わなかった……。

「──まあ、それじゃ、お姉様が桐山という人と……」

事情を聞いて、浩枝は言った。

「こちらの片岡刑事さんから、あなたのことをお聞きして」

と、直子は言った。「そのときの事情を聞かせて下さい。それと、遠くの事件を夢でご覧になったとか……」

「そんなことまで話したの？」

と、浩枝は片岡をちょっとにらんで、「私にも分らないんです。どういうことなのか」

それでも、問われるままにあの〈Mランド〉での出来事について話した。

「興味深いですね！」

と、直子は言った。「私、そういう一種の予知能力やテレパシーといったことも研究しているんです」

「でも、いつも役に立つわけでも……」

と、浩枝が口ごもる。「それより、片岡君にちょっと……」

「失礼しました。私、席を外しますわ」

「いえ、いいんです。あなたはとても頭のいい方のようですし……」

「何があったんだい？」

と、片岡が訊く。

「実は、同じ団地の奥さんのことなの」

浩枝は、細川しのぶのことを話して、「ゆうべのことなんだけど……」

雨を避けているとき、細川しのぶの夫が恋人らしい女と言い争っているのを聞いてしまったことを話した。

「もちろん、それだけなら私が口出しすることじゃないんだけど……」

「何かあったんだね？」

「今から三時間くらい前に、細川しのぶさんからメールが来たの」

と、浩枝は言って、ケータイをテーブルに置いた。「それを読んで心配になって」

その文面は、

〈浩枝さん
うすうす感付いていたんだけど、夫には愛人がいたの。それがゆうべ分った。
夫は大阪のその女と、出張の度に会ってたのよ！　ひどいじゃない？
しかも、ゆうべ夫は白状したの。女が妊娠したって、ねじ込んで来たって。
私は夫との生活を守るわ。あなたにだけ言っておきたかった。あなたはいい人だもの。
でもご主人に気を付けて。男は男よ。
これから女と対決してくるわ。どんなことになっても、後悔はしない。
しのぶ〉

「これは穏やかじゃないね」

と、片岡は言った。

「ねえ。何か、とんでもないことをしそうで、心配になって」

浩枝は、話したことで、いっそう不安が大きくふくらんでいた。

「止めた方が」

と、直子は言った。「この人を止められないんですか？」

「かけてみました、ケータイに」

と、浩枝は言った。「でも、電源を切っているようで」

「相手の女というのが、どこにいるか分らないと……」

と、片岡は言った。「心当りは?」

「さあ……」

浩枝は少しぼんやりしていたが、「——あのとき、確か……細川さんがお金を渡してた。ホテル代ちょうだい、って女の人が言って。——そうだわ。『駅前のビジネスホテルに泊る』って言ってたわ、あの人。今思い出した」

「ビジネスホテルか。——君の団地に近い駅ってことだね」

「ええ」

「その駅に近い交番へ連絡してみよう」

——片岡が席を立って行くと、浩枝は息をついて、コーヒーを飲み干した。

「役に立たない超能力だわ」

と、浩枝はため息と共に、「どうせなら、今、しのぶさんがいる所でも閃いてくれたらいいのに……」

「仲田さん」

と、直子が言った。「桐山さんが姉を殺したかどうか、私、疑ってるんです」

「え?」

直子は、姉の恋人だった男が犯人かもしれない、と説明して、

「あなたは桐山さんが片岡さんを追いかけて行くのに出会われたんですね」

「ええ、そうです」

「そのときの桐山さんの様子はどんな風でした？」

「それは……ひどく苛々して……怒っているようでした」

「もちろん、片岡さんが無事で良かったですけど、桐山さんは何を考えていたんでしょう？」

「さあ……」

直子の助手の谷口が撃たれたことを聞いて、浩枝は、

「じゃ、弥生さんを殺した犯人は別にいるのかもしれませんね」

「ええ。私もそんな気が――」

と、直子が言いかけたところへ、片岡が戻って来た。

「どうしたの？」

浩枝は、片岡が厳しい表情をしているのに気付いた。

「駅の近くのビジネスホテルで人が殺された」

「まあ……」

「行ってみるよ。君も?」

「ええ、もちろん!」

浩枝は立ち上った。

当然のように、直子も二人について行くことになった……。

10　深い穴

ホテルの部屋は狭かった。

ビジネスホテルは泊れればいいのだから、当然だ。

今、その狭い部屋の中は、警察の人間でたてこんでいた。

ベッドの上で、女が仰向けに倒れていた。

バスローブをはおっていたが、腹の辺りは血で染っている。

部屋の隅で呆然と突っ立っているのは、細川啓一だった。背広にネクタイだったがネクタイはよじれていた。

「——細川さん」

浩枝はそっと声をかけた。「私、同じ団地の仲田です」

しばらくして、細川はやっと浩枝に気付いたようで、

「ああ……。仲田さんの奥さん」

「しのぶさんはどこですか?」

「しのぶ……。あいつのせいじゃないんです。悪いのは僕なんです……」

と、細川は呟くように言った。「ちゃんと話をつけるから、と言って出て行ったんですが……」

「しのぶさんが……」

「僕は心配になって、後から追って来ました。でも……間に合わなかった」

片岡が床に落ちていた包丁を見て、

「これで刺したんですね」

と言った。「奥さんはどこへ?」

「分りません……。僕が来たときは、もう彼女は死んでいて、しのぶはただじっと立っていました。冷静でした。青ざめてもいなかった……」

「しのぶさんがどこへ行ったか分りません?」

と、浩枝は訊いた。

「さあ……」

細川はゆっくり首を振った。「ただ黙って出て行きました……」

細川は両手で顔を覆った。

「細川さん……」

浩枝は、細川の肩にそっと手を置いた。

――その一瞬、浩枝はフッとめまいがしてよろけた。

「大丈夫ですか！」

と、浩枝を支えたのは、ついてきた直子だった。

「すみません、ちょっとめまいが……」

と言いかけて、浩枝はハッとした。「片岡君、このホテル、屋上に出られる？」

「さあ……。おい、誰か」

ホテルの従業員が廊下に立っていた。

「屋上ですか？　――ええ、階段でなら。窓の清掃とかあるので……」

「――屋上かもしれない」

と、浩枝は言った。

「何だって？」

「しのぶさん。――屋上から飛び下りるつもりかもしれない！」

エレベーターで最上階へ上り、それからは非常階段。従業員に聞いて、浩枝はエレベーターに乗った。

片岡と直子も一緒に乗って、

「何か見たんですか？」

と、直子が訊く。

「はっきりとではありませんけど、何だか高い所から地面を見下ろしているような、足のすくむ感じがあったんです」

「行ってみよう」

と、片岡が言った。

エレベーターが最上階へ着くと、三人は急いで階段へと駆けて行った。

屋上へ出るドアを開けると、風が吹きつけて来た。

エアコンの機械などが置かれて、見渡せない。

「しのぶさん！」

と、浩枝は叫んだ。

屋上での風は冷たかった。

「しのぶさん！　いるの？」

エアコンの室外機などが置かれた間を、浩枝は大声で呼びながら進んで行った。

「仲田さん！」

と、安達直子が言った。「今、チラッとスカートのような物が」

指さす方を見て、浩枝は「そこにしのぶがいる」と直感した。

「あの向うだわ。片岡君、反対側から回って！」

「ああ。しかし――確かかい？」

「感じるの。ともかく行って！」

「分った」

屋上に置かれた組立式の倉庫。――その向うに、しのぶはいる！

浩枝はそっと近付いて行った。

確かに――しのぶはそこにいた。

胸ほどの高さの手すりに両肘をのせて、遠くを眺めている。

浩枝はできるだけしのぶをびっくりさせないように、しのぶが好きでよく口ずさんでいるポップスのメロディを口笛で吹いた。

しのぶがゆっくりと振り向いて、

「まあ……」

「良かったわ、間に合って」

と、浩枝は言った。「さあ、一緒に下りましょう」

「いいえ！」

と、しのぶは激しく首を振って、「来ないで。一緒に飛び下りるつもり？」

「飛び下りるだなんて……。だめよ。あなたまだ三十五じゃないの。もったいないわよ」

「止めないで」

と、しのぶは言って、「それに……私、三十四よ、まだ」

「え？　そうだっけ？」

知っていて、わざと言ったのだ。会話を続けることが大事だからである。

「そうよ」

「まだ誕生日、来てなかった？」

「もう来たわ。それで三十四」

「そうか。私より二つも若いんだ」

浩枝はしのぶに近付いて、「ご主人が待ってるわよ。行きましょう」

「浩枝さん……」

「済んだことは仕方ない。でも、やり直せるわ。まだ三十五なんだもの」

「三十四！」

二人はじっと顔を見合せて——それから一緒に笑った。

「——ごめんなさい」

と、しのぶは浩枝の手を取って、「あなたに相談すれば良かった……」

「ええ、そうね。でも、今からでも力になれることはきっとあるわ」

浩枝はしのぶの肩を抱いて言った。


「すばらしい人ですね」

と、直子は言った。「仲田さんは、人の心をつかむ、ふしぎな力を持ってらっしゃる」

「やめて下さい」

と、浩枝は言った。「殺人を防げたのならともかく……」

片岡が細川しのぶを連行して行き、夫も一緒について行った。

浩枝と直子は何となく別れ難い気がして、

「娘が帰って来るので……。よろしかったら、うちへおいでになります?」

「ぜひ!」

というわけで、直子を伴って、浩枝は団地へ帰った。

「コーヒーでも」

「ありがとうございます」

浩枝がコーヒーをいれて、二人は居間でゆっくりとコーヒーを飲みながら話をした。

「じゃ、直子さん、まだお独り?」

「ええ」

と、直子は肯いて、「当分は、学問の方がずっと面白いので」

「まあ、頭のいい方は羨しいわ」

「そんな……。たまたまですよ」

と、直子は笑って言った。「それより、浩枝さんのような能力をお持ちの方の方が羨しいです」

「却って、迷惑かもしれませんけど」

直子も浩枝を名の方で呼ぶようになっていた。

「でも、細川しのぶさんには驚きました」

と、浩枝は言った。「あんな激しいところのある人だったなんて」

殺された細川の愛人だった女は内海円《うつみまどか》という名だと聞かされた。

「人間は分りませんね」

と、直子は言った。「誰でも、人に隠したい生活を持っていますものね」

「ええ、確かに」

と、浩枝は肯いて、「私、しのぶさんからのメールの文句が気になって……」

「メールの?」

「ええ。私に、『ご主人に気を付けて。男は男よ』と言って来たんです。あれって、どういう意味だったんだろう？　何だか気になっていて……」

そこへ宅配便が来て、浩枝は玄関に出て行った。

荷物を受け取り、浩枝が居間へ戻ると、直子は棚の写真立ての中の写真を見ていた。

「——浩枝さん、これはご主人と麻紀ちゃんですね？」

「ええ、三人でディズニーランドへ行ったときの写真」

「私、ご主人を知ってます」

と、直子は言った。

「え？」

浩枝が目を丸くする。

「桐山哲二さんのお葬式に行ったんです。お葬式といっても、お骨になるところで……」

直子はそのときのことを説明した。

「じゃ、片岡君と会ったときに？」

「ええ。桐山さんの娘で、桐山エリ子っていう十七、八の女の子がいて。その子について来ていたのが、ご主人です」

「まあ……。あの人がどうして……」

浩枝は面食らうばかりだった。

「ご主人に伺ってみて下さい。桐山エリ子という子とは、特別な仲とは見えませんでした。いわば……保護者っていう感じだったでしょうか」

「あの人らしくもない」

と、浩枝は苦笑した。「分りました。妙に勘ぐったりせず、訊いてみますわ」

「それが一番ですね」

浩枝のケータイが鳴った。

「——もしもし？」

「浩枝さん」

「しのぶさん！　落ちついた？」

「ありがとう……。お手数かけて」

しのぶの口調は淡々としていた。

「いいえ、いいのよ」

「それで……実は、浩枝さんに謝らなきゃならないことが……」

「何のこと？」

「実はね、そこの団地で、男の人相手に、何人かの奥さんが体を売ってたの」

「まあ……」

「私もその一人で……。警察が内偵をしていて、二、三日の内に捜索に入るんですって」

「大変ね、それは」

「きっと大騒ぎね、団地は」

「しのぶさん、私に謝るって……」

「その商売でね」

と、しのぶは言った。「一度だけ、ご主人とホテルへ行ったわ、私」

浩枝はしばし絶句してしまった……。


夜。——深夜になっていた。

S大学の正門近く、車が停っている。その中に男が座っていた。

「どうするかな……」

迷っていた。——放っておいても大丈夫だろうか？

不安は残る。といって……。

男はもうすっかり暗くなっている大学の建物を見上げていた。

車を出すと、大学の周りをぐるっと一回りして、また正門の近くで停める。

「——いや、大丈夫だ。きっと」

と、口に出して呟くと、車を再び出そうとした。

そのとき——車の正面からライトが当って、男はびっくりした。人がいることに気付かなかったのだ。

ガードマンだった。車の方へ近付いて来ると、中を覗き込んで、

「何の用です?」

と、声をかけて来た。

仕方ない。顔を見られてしまった。

窓ガラスを下ろすと、

「さっきからずっとこの辺にいましたね」

と、ガードマンが言った。「また戻って来て、何してるんです?」

見られていたとは!

「いや、仕事ですよ」

「仕事というと?」

「僕は——こういう者です」

ガードマンは、びっくりして、

「刑事さんでしたか！　失礼しました」

と言った。「張り込みか何かですか？」

「ええ、実は……」

片岡は言いかけて、「ちょうど良かった。手を貸していただけませんか」

「何でしょう？　できることなら……」

「校舎の中へ入りたいんです」

と、片岡は言った。「ちょっと調べたいことがありましてね」

「しかし……どういうことですか？」

ガードマンもためらっている。

「捜査令状なしで入るのは問題です。確かに」

と、片岡は言った。「ただ、気付かれるとまずいんでね」

「というと……」

「あなただから打ち明けますがね。——S大の先生で、どうも悪いクスリをやってる人がいるようなんです」

「クスリって……麻薬ですか」

「もしくは覚醒剤をね。自宅では見付かったときにまずいので、大学に置いているらしいんです」

「そいつは大変だ」

と、ガードマンは言った。

「そうなんです。捜査令状を取ってると、気付かれてクスリを隠されてしまう心配があります。今、ちょっと中を調べさせてもらえるとありがたいんですがね……」

片岡の言葉に、ガードマンもそれ以上迷わなかった。

「分りました。入って下さい。どの棟ですかね？」

「ありがとう！」

片岡はガードマンについて正面から入って行った。ガードマンは増田という四十代の男だった。

「誰の部屋へ入りたいんですか？」

と、片岡に訊く。

「安達直子という准教授の部屋です」

「安達先生？　本当ですか？」

と、増田は唖然として、「とてもそんなタイプじゃないと思いますがね……」

「必ずあるとは限らないんです。確かめて、なければそれでいいんですがね」

「分りました」

増田は急いで一人、宿直室へ入って鍵の束を取って来た。

「では入りましょう」

と、増田が先に立って、校舎の中へと入って行く。

「――ここです」

と、ドアの前で足を止めて、「調べますか？」

「ええ、ぜひ」

鍵をあけて、片岡は中へ入った。

「じゃ、私は正門の辺りに戻っています」

と、増田は会釈して、立ち去った。

片岡は明りを点けた。

本、また本……。

片岡はゆっくりと奥へ入って行った。

「どこだ……」

安達直子は、姉の弥生の部屋から持ち出したものを、ここに置いていると言っていた。

しかし――捜すのは大変だろう。

「いや、手近な所だ」

机の引出しを開けてみる。

――もし、弥生が書き残していたら。

恋人が片岡だったことを。

「見付けるんだ……」

片岡は、引出しを一つ一つ調べて行った。

時間と共に、苛立ちがつのった。

「畜生！」

片岡は唇をかんだ。――もう一時間以上たっている。

しかし、見付けられなかった。弥生が残した手紙や日記の類は、どこにも見当らなかった。

安達直子の研究室に入ったことを知られてはならない。机の引出し、一つ一つ、中を探していじったことに気付かれないよう、神経を使った。

しかし、机の引出しにはなかったのだ。

そうなると、書棚や資料の積み上げられた中を探すしかない。

そんなにとんでもない所に隠しはしないだろう。もともと、「隠す」必要など感じていないはずだ。どこか、その辺に置いてあると考えた方がいい。

しかし――どこに？

あの封筒、このファイル、どれもそれらしく見える。といって、そこまで手を付ければ、誰かが探していたことを知られるのは避けられない。

そして、あまり長くかかると、あの増田というガードマンが怪しむかもしれない。ガードマンに見られてしまったのはまずかった。といって、今さらどうすることもできないが。

片岡はハンカチで汗を拭った。いつの間にか汗をかいていたのだ。

「さて……どうするかな」

と呟いたとき、廊下に足音がした。

ハッとして耳を澄ますと、かすかな足音が遠ざかって行く。

片岡は研究室を出て、廊下を見渡した。

声が聞こえる。――階段の方だ。

足音を忍ばせて近付いて行くと、

「――夜中に申し訳ありません」

と、ガードマンの増田が声をひそめて言っていた。「大学のガードマンの増田です。

――ええ、どうもこんな時間に……」

片岡はそっと覗いてみた。増田がケータイで話している。

「実は、先生の研究室の中を調べたいと警察の人が。――ええ、そうなんです。何だか少し様子がおかしいと思いまして。――一時間くらい前です。信用して中へ入れてしまったんですが、どうも気になって……」

と、増田は言った。「――ええ、今まだ研究室の中です。捜しているんだと言ってました。先生が、その――悪いクスリを使っているらしいと言って。――ええ、もちろん、私もそう思いましたが。――はあ、確か名前は――」

鋭い銃声が、空っぽの校舎の中に響いた。

増田の手からケータイが落ちる。

「もしもし?　――増田さん?」

安達直子の声が洩れ聞こえていた。

片岡はケータイを拾い上げると、電源を切ってポケットへ入れた。

うつ伏せに倒れた増田の体からゆっくりと血だまりが広がって行った。

「こんなはずじゃなかった……」

と呟く。

拳銃を持つ手が震えていた。

「落ちつけ……。落ちつけ」

と、自分に言い聞かせた。

安達直子は何が起ったか分らなくても、ともかく警察へ連絡するだろう。パトカーがやって来るまで何分もない。

片岡は急いで直子の研究室へ戻った。

ドアを開け、中を見渡す。

「──仕方ない」

片岡は封筒の一つを手に取ると、ライターを出して、火を点けた。すぐに燃え上る。

燃えている封筒を、積み上げられた書類の束のそばに投げ出した。たちまち火は書類に燃え移った。

「しょうがなかったんだ」

と、片岡は呟いた。「しょうがないんだ」

廊下へ出ると、片岡は駆け出した。

正門を出ると、自分の車に飛び込むように乗り、スタートさせた。

大学が見えなくなる辺りへ来て、一旦道の端へ車を寄せて停る。

パトカーがサイレンを鳴らして大学の方へと駆け抜けて行った。

11　混乱

あまりに多くのことが一度に起ると、人間は却って冷静になってしまうことがある。怒るべきこと、心配すること、同情すること……。どれを先にしたらいいか分らなくなるのである。

仲田浩枝も、ちょうどそんな風だった。

S団地を襲った混乱の嵐は、凄まじいものだったのである。

ともかく、細川しのぶが夫の愛人を刺し殺して逮捕されたというだけでも、団地の住人にとってはショックだったのに、

「何人かの主婦が組織的に売春をしていた」

というニュースが流れ、同時に警察が団地内に捜査に入ったのだ。

むろん、TVのニュースでも流れ、大して広いわけでもないS団地は報道陣のTVカメラで溢れた。

浩枝と親しい奥さんから逮捕者は出なかったが、数人は話を聞かれた。浩枝は細川しのぶのことで警察に協力していたせいか、話も聞かれなかった。

ただ――しのぶから、夫の仲田が一度だけしのぶを相手にしたことがあると聞いていたが、帰宅した夫にはあえて言わなかった。

しのぶが逮捕され、売春にも係っていたと報道されたので、仲田はきっと肝を冷やしただろう。

それより、浩枝には他に心配なことが色々あった。

「――おはようございます」

団地の集会所へ入って行くと、浩枝は〈図書館〉の鍵を取り出しながら言った。

開く時間の十一時半にはまだ十分ほどあったのだが、いつも利用している白髪の奥さんが入口の所で待っていたのである。

「すみません、お待たせして」

浩枝は鍵を開けて、「さ、どうぞ」

「開けてくれるのね。――当分は開かないかと思ってたわ」

「どうしてですか?」

「だって、もう一人の係の方……」

「ええ、細川しのぶさんですね。あんなことになってしまって……。でも、私一人でも、ちゃんと開けますから、ご利用下さいな」

と言いながら、浩枝はパソコンを立ち上げた。

「ありがとう。ここで雑誌を読むのが楽しみで」

と、その奥さんは言った。「団地中、大騒ぎね」

「ええ」

と、浩枝は肯いて、「でも、こういう時だからこそ、いつもの通りに生活することが大切じゃないかと思うんです」

「その通りね」

「あ、どうぞ、その辺片付けて座って下さい。後で私が……」

浩枝は新たに購入した雑誌をパソコンに打ち込んで、棚へ入れた。出しっ放しになっていた雑誌や本もちゃんと戻した。

そして、こんな時なのに〈図書館〉の利用者はいつもより多く、しのぶがいないので、浩枝は昼食抜きということになってしまった。

——午後三時に〈図書館〉を閉めて、集会所を出たところに、電話がかかって来た。安達直子からだ。

「——ニュースを見ました。大変ですね」

と、直子は言った。

「ええ、まあ……。団地の中は大騒ぎですけど」

「実はこちらの方も」

「というと？」

「ニュースでご覧になりませんでした？　大学のガードマンが撃たれて」

「あ……。よく気を付けていませんでした。おたくの大学？」

「ええ。それだけじゃないんです」

と、直子は言った。「よかったら、来ていただけませんか？」


麻紀が学校から帰るのを待ってから、浩枝はS大学へと出かけて行った。

と、浩枝は、正門の辺りで待っていた直子に言った。「ガードマンの方は亡くなったんですか」

「――ひどいことでしたのね」

「ええ。背後から心臓を撃たれて……」

「お気の毒に」

「実はそれだけではないんです」

直子は深刻な口調で言った。「こちらへ」

出かけて来る前に、浩枝はニュースをチェックした。

S大学に侵入した誰かが、ガードマンを撃ち、学内の一室に火を放って行った、ということだった。

「公表していませんが――」

と、直子は言った。「ガードマンの増田さんは、私と電話で話しているとき、撃たれたんです」

「まあ」

「それに、放火されたのは、私の研究室です」

浩枝は足を止めて、

「それって……何かよほどの事情が？」

「おそらく」

と、直子は肯いた。

「火事は他の部屋までは広がらなかったと読みました」

「ええ、幸い。ただ――私の部屋は……」

「燃えてしまったとニュースに」

直子は、ビニールシートで入口を覆われた研究室の入口で足を止めて、

「中へ入って下さい」

「いいんですか?」

「まだ少し煙り臭いですけど」

浩枝はビニールシートをくぐるようにして研究室の中へと入ったが――。

「あら……」

思わず声を上げたのは、確かに火事にあったことは分るが、「部屋中が焼けた」という状態ではなかったからだ。

奥の机とその周辺が焼けているが、そこ以外は残っている。そして足下は水浸しだった。

「スプリンクラーが作動したんです」

と、直子が言った。「大学は『お金がかかる』と言って、渋ったんですけど、『大切な資料が山ほどあるんです! 燃えてしまってもいいんですか!』って脅してやった、ってわけ」

「じゃあ……犯人はなぜここに火を点けて行ったんでしょう?」

と、浩枝は言った。

「そこ、なんです」

と、直子は言った。

直子は、ガードマンの話を説明した。

「まあ……」

浩枝は当惑していた。「刑事って名のったんですか」

「ええ、増田さんはそう言っていました」

「偽刑事だったんですね。それに、直子さんが麻薬だなんて……」

「妙でしょう?」

と、直子は肯いて、「きっと、この部屋へ入る口実だったんでしょう。でも、なぜここへ入りたかったのか」

「何か、盗まれそうな物でもあったんですか?」

「そんな値打のある物はないと思います。犯人は、でも、何かを捜してたんです」

「何か、って?」

「分りません。机の引出しの中を確認してみたら、明らかに、中をいじっています」

「じゃあ、犯人は——」

「増田さんを殺して、私が一一〇番通報するに違いないと分っていたので、捜すのを諦めて、火を点けることにしたんだと思います」

「そういうことですね。——でも、人を殺してまで見付けたかった物って、何でしょう？」

「さあ……」

直子が首を振った。

そこへ、ビニールシートを持ち上げて、

「先生」

と、若い学生が顔を出した。

「ああ、悪いわね。見ての通りなの。本は大体助かってるけど、濡れてしまったのもあるから」

「まず、床の水を廊下へ出さないといけませんね」

「お願いできる？」

「はい！　大勢引張って来てます！」

男女取りまぜて七、八人の学生が入って来た。手に手に、バケツやモップ、雑巾を持っている。

「よし、まず、モップで水を廊下へ出せるだけ出そう。廊下は後できれいにすればいい」

「私がやるわ。男の子たちは本を棚から出して、濡れてるのは干して乾かさないと」

手ぎわよく、掃除と片付けにかかる。

「安達先生は外へ出てて下さい。僕らでやりますよ」

「そう？　じゃ、よろしく」

直子は浩枝を促して、研究室から出た。

「――直子さんは人気のある先生なのね」

と、浩枝は言った。

「どうでしょう。若いから、仲間のつもりで扱ってくれているのかもしれません」

「羨しい。すばらしいことですよ」

と、浩枝は言って、「――あ、私、帰ってご飯の仕度しないと」

「お呼び立てしてすみません」

「いいえ。――これ以上何も起らないといいですね」

「本当に。お気を付けて」

浩枝はそのまま行きかけたが、ふと足を止めて振り返り、

「直子さん、増田さんってガードマンが殺された所へ連れてって下さい」

と言った。

「ええ、それは……。浩枝さん、もしかして……」

「もちろん、どうなるか分りませんけど、その場所を見て、何か夢を見るかもしれませ

ん」

「分りました」

と、直子は肯いて、「本当は、私の方からお願いしようと思っていました」

「あてにしないで下さいね」

と、浩枝は言った。

——階段のかげに、ビニールテープで遮られた場所があった。暗い床に、白く人の形が描かれている。

床には血痕が残っていた。

そこに立つだけで、浩枝は胸苦しくなった。

「——大丈夫ですか?」

と、直子が心配そうに訊いた。

「ええ……。息が苦しいようで……。空気が薄いように感じるんです」

「きっと、何かを感じるんですね、ここに」

「たぶん……。でも、分りません。私にも何とも言えませんわ」

「無理をなさらないで下さい」

と、直子が浩枝の手を取った。

その瞬間、浩枝は息を呑んで、短く声を上げた。

「まあ！　――直子さん」

「どうしました？」

「あなたの手……」

浩枝は、直子の手を握っていたが、「もう……今は普通に暖かいけど、今、触れたとたん、ハッとするほど冷たかったんです」

「私の手が？」

「あれは、普通じゃありません。――でも、まさか……」

「浩枝さん。それって――私が死ぬかもしれないってことですか？」

直子はじっと浩枝を見つめて訊いた。

「分りません……。でも、もしかしたら……」

「ありがとう」

直子は微笑んで、「充分用心しますわ」

「そうして下さい。私の勘違いだといいんですけど」

浩枝は、暖かくなった直子の手を、しっかりと握った。

「今度の土日に、九州へ行くわ」

と、江戸伸代が言った。

「はあ……」

仲田伴治は、すぐには何も言えなかった。

社長の江戸伸代からは、何かを「訊かれた」わけではないから、答える必要はない。しかし、その言葉は、「あなたも一緒に行って」という意味を含んでいるのである。

向い合ってランチを食べている。——この支払いは伸代である。

いや、実際は会社〈エステサロン・エド〉の経費につけられるのだろう。

「——江戸さん」

と、仲田は言って、すぐに「社長」

と言い直した。

「いいのよ、こんなときは『江戸さん』で」

と、伸代は言った。

「はあ。——週末ですが……その……」

「何か予定が?」

「娘の七五三で……。できれば一緒に行ってやりたいんです」

おずおずと言った。

仲田も分っている。江戸伸代のお供をするのは、要するに「夜の相手」をしろ、ということなのだ。

伸代が、特別秘書として能力のあるわけでもない仲田を雇ってくれているのは、男としての仲田に関心があるからだということも、分っている。

どうしても来い、と言われれば拒むわけにいくまい。

「――そう」

と、伸代は言った。「娘さん、いくつ?」

「七歳です。麻紀といいます」

伸代は微笑んで、

「分ったわ。七歳は一生一度きりだからね」

「すみません」

「謝ることないわよ」

しかし、仲田には分っている。伸代のような立場にいると、自分の望みを断られる、ということに慣れていない。

内心は面白くないに違いない。

「何でしたら……日曜の夜にでも行きましょうか」

「そうね。そうしてくれると助かるわ。遅くなってもいいから」

「かしこまりました」

言って良かった、と仲田は思った。

「お宅の団地は大変なのね」

と、伸代が言った。

「はあ、色々記者が取材に来て……」

「あなたの奥様は大丈夫？」

「浩枝はそういうことは……。ただ、親しくしていた奥さんが逮捕されて」

仲田の話を聞いて、

「あの、夫の浮気相手を殺した人？　そうだったの」

「私も知っていたので、びっくりです」

「私たちに置き換えると、あなたの奥さんが私を殺すってことね」

「社長――」

「冗談よ。私とあなたは大人の関係。ね？　殺したり殺されたりするほど、のめり込んでいないものね」

仲田としては、何とも言えない。

仲田のケータイが鳴って、急いで席を立とうとすると、

「いいわよ。私、ちょっとお化粧直してくるから」

と、伸代が席を立った。

「――もしもし」

「あ……。仲田さん。桐山エリ子です」

と、小声で、「すみません、お仕事中でしょ」

「いや、大丈夫だよ。どうだい、そっちは?」

仲田は、エリ子のために、小さなアパートを借りてやった。もともと、家具や持物など
ほとんど持っていなかったエリ子は、しばし空っぽに近い部屋で過すことになった。

いくら小さいアパートでも、入居には多少のお金がかかる。加えて、冷蔵庫も電子レン
ジも必要だった。

仲田は、浩枝に、

「社内の女の子たちにごちそうしなきゃいけないんだ」

と、嘘をついて、預金をおろした。

気はひけたが、浩枝は文句ひとつ言わずに仲田に任せてくれた。

仲田としては、捕まった細川しのぶの口から、自分の名が出ないかとハラハラしていたのだが、何とか無事だったようでホッとしていた。――実は浩枝はちゃんとしのぶから聞いていたのだが。

「はい、おかげさまで」

エリ子の声は明るかった。「すっかり落ちつきました」

「それは良かった」

「ただ――なかなか仕事が」

「そうだろう。今はみんな大変だ。焦って、また危い所に勤めないようにね」

「すみません。明日、一つ面接してくれる所があって」

「そうか」

「あの……」

と、エリ子はちょっと口ごもった。

「どうした?」

「推薦者のことばっていう欄があって、誰もお願いする人がいないんで……」

「分った。僕が書こう」

「すみません」

「いや、そんなこと、簡単だよ」

仲田は、エリ子の頼みを聞くのが楽しかった。

「それじゃ……」

「うん、今日帰りに寄るよ」

と、仲田は言った。「七時半ぐらいには行けると思う」

「はい。あの、それで……」

「何だい？」

「あの……一応、台所が使えるようになったんで、ご飯、作ろうと思ってるんですけど。食べていただけますか？」

「もちろんだよ」

「良かった！」

と、ホッとした様子で、エリ子が言うと、つい仲田は微笑んでしまう。

正直、エリ子にどれくらい料理ができるか、仲田には見当がつかない。

あまり期待しない方がいいかもしれないが……。

「じゃ、後でね」

そう言って切ると、息をつく。「──良かったな、本当に」

伸代が戻って来ると、

「話はすんだの？」

「はい、どうも」

仲田は椅子に座り直した。

12　七五三

「可愛いわねえ」

すれ違う人から、何度も声がかかった。

浩枝も、もちろん、娘のことをほめられたら、嬉しい。

もっとも、当の麻紀は慣れない振袖など着せられて少々むくれていた。それでも、

「可愛い」

と言われると、悪い気はしないようで、ニッコリ笑って見せたりするサービス精神は発揮していた。

十一月の日曜日。七五三でにぎわう神社の境内には、和装、洋装、色々にお洒落をした親子が大勢いた。

幸い、秋晴れの一日で、風もない。心地よい空気に包まれて、ぐずる子供はほとんどいなかった。

「こんなに子供って沢山いるんだな」

と、仲田が言った。

「本当ね」

と、浩枝は肯いて、「一番混みそうな所は避けたのに」

仲田はスーツにネクタイ。浩枝は本当は着物にしたかったのだが、自分では着られないし、麻紀に着せてもらうのに美容院の予約も大変で、諦めた。明るい色のスーツは、ＯＬ時代のものだ。

「早い時間にしておいて良かったわ」

と、浩枝は言った。「あなた、最終便で大丈夫なの？」

福岡では江戸伸代が待っている。

「ああ、ともかく今夜中に着けばいいんだ」

親子で、早めの夕食をとることにしていた。

「お寿司がいい」

というのが麻紀の意向だ。

最近の子供はハンバーグだの海老フライだのには魅力を感じないらしい。麻紀は特に和風の趣味で、飲物も日本茶が一番好き。ジュースやコーラは「甘ったるくていや」だという。

「渋い好みだな、麻紀は」

と、仲田は笑っている。

ときどき家族で行く和食の店を予約していた。寿司もそこそこ美味しくて、そう値も張らない。

夫婦の間に麻紀が手をつないでいるという珍しい光景。砂利を踏みながら、三人は神社を出ようとしていた。

そのとき、浩枝の頭の中に、

「おばちゃん」

と呼びかける声がした。

え？　――この声って……。

「どうした？」

と、仲田がふしぎそうに訊く。

「いいえ、ちょっと……」

浩枝は返事をしてみた。頭の中で、

「まなみちゃんなの？　どこにいる？」

「少し後ろ」

振り返ると、少し離れて、川田岐子とまなみが手を振っていた。

「——まあ、こんな所で」

と、浩枝は言った。「まなみちゃんも七五三?」

「ええ」

と、川田岐子は言った。「本当は五歳は男の子でしょ。でも、うちは一人っ子だし、五歳でもやっとこうと思って」

まなみはピンクの可愛いワンピースだった。

「ママ」

と、岐子の方へ、「私も七つのときは振袖が着たい」

「そうね。そうしましょう」

浩枝は夫を岐子へ紹介した。

「よかったら一緒に食事しませんか」

と、仲田が誘うと、

「じゃあみんなで」

と、女性の声がした。

「まあ、小田切さん。来てくれたの」

と、岐子が言った。

「ここで七五三やるって言ってたでしょ。うまく会えて良かったわ」

「あの——まなみがお世話になってる保育園の方です」

と、岐子は小田切ルリ子を紹介した。

「大勢の方が楽しいわ。ねえ?」

と、小田切ルリ子が言った。


麻紀の「お寿司」という希望は、小田切ルリ子が初めて川田岐子たちを連れて行ったイタリアレストランに変更されてしまったが麻紀も、スパゲティを一口食べて、すっかり夢中になってしまった。

「まあ、そんなお金持のお嬢さんなんですか」

と、浩枝は言った。

「いいワインだ」

仲田もため息をついて、「いつも飲んでるのとは桁違いだな」

麻紀とまなみも、すっかり仲良くなって、おしゃべりに余念がない。

子供向けにピザやパスタがテーブルに並んで、浩枝もめったにないぜいたくを味わっていた。

「私たちまでごちそうになっていいんでしょうか」

と、気にして浩枝は言ったが、

「ご遠慮なさらないで下さい」

と、ルリ子は言った。「支払いは父ですし、父は私がお金をつかってやると喜ぶんです」

「まあ。――私もそういう父親が欲しいわ」

浩枝の言葉に、ルリ子と岐子が笑った。

仲田が、今夜福岡に行く、と話すと、

「大変ですね、社長秘書のお仕事は」

と、ルリ子が言った。「私も、父についてる秘書を見てると、気の毒になります」

「〈エステサロン・エド〉って、私も一時通ったことがありますわ」

と、岐子が言った。「でも、とても続きませんでした。お金が……」

「シャンプーや乳液に高いものを使っているので、どうしても料金は高くなりますね」

と、仲田が言った。

すると――。

「やあ」

意外な顔が言った。

「片岡君！」

片岡刑事だったのだ。

「今来たの？」

と、浩枝は訊いた。

「いや、さっきから、奥の個室でね」

少しワインを飲んでいるのか、赤い顔をしている。「実は上司にすすめられて、見合なんだ」

「まあ、ご苦労さま」

「疲れるよ」

と、片岡は苦笑して、「じゃ、また」

と、奥へ戻って行った。

「あの人、刑事なんです」

と、浩枝が言うと、

「おばちゃん」

と、まなみが言った。

「何？」

「あの男の人——こげくさくなかった？」

と、まなみは言った。

「まあ、何言ってるの？　失礼よ」

と、川田岐子が笑って言った。「タバコでも匂った？」

「そんなんじゃない」

と、まなみは言った。「でも……」

「最近、いいレストランはほとんど禁煙ですね」

と、仲田が言った。

「本当。父なんか、よく文句言ってますわ」

と、小田切ルリ子が言った。

しかし——浩枝は、まなみがそんなことを言っているのではないと分っていた。

こげくさかった？　——片岡が？

どういう意味だろう？

浩枝は特に感じなかったが、まなみはきっと何かを片岡から感じ取ったのだ。

こげくさい……。何かが焼けた？

火事。——そう、火事があった。あの、安達直子の大学の研究室で。

刑事を名のった男が、ガードマンを射殺した……。

一瞬、浩枝の顔から血の気がひいた。

まさか！　片岡が？

浩枝はまなみを見た。まなみも浩枝を見ていた。

「おばちゃんも分った？」

まなみが浩枝の頭の中に語りかけた。

「まなみちゃん。今の、確かなのね？」

「うん。何かこげた匂いがした」

「そう……。でもね、まなみちゃん。今のことは誰にも言っちゃだめ。分った？」

「どうして？」

「とっても危いことかもしれないの。まなみちゃんや、ママに、危いことが起るかもしれない。だから、おばちゃんだけに言って、黙っててね。分った？」

「うん、分った」

——二人の会話は頭の中だけで交わされていた。

「じゃあ、僕は先に失礼しようか」

と、仲田が言った。「家に寄って、着替えとか持たなきゃいけないし」

「そうね。じゃ、そうして」

と、浩枝は肯いて、「麻紀と私はもう少しここにいるから」

「デザート、食べる！」

麻紀は、他のテーブルに回っている、デザートのワゴンをしっかり見ていたのだ。

「では、ごちそうになって申し訳ありません」

と、仲田は小田切ルリ子に礼を言って先に店を出て行った。

「同じ秘書でも、私は個人秘書じゃないので楽ですわ」

と、川田岐子が言った。

「おばちゃん」

と、またまなみが浩枝の頭の中に呼びかけた。

「なあに？」

「麻紀ちゃんのパパ、セッケンの匂いがするね」

「え……」

「無理を言ってすみません」

と、浩枝は言った。

「いいえ、どうせ休みの日は何もすることとないので」

と、小田切ルリ子は言った。「麻紀ちゃんは大丈夫。見てますわ」

「よろしくお願いします」

と言って、浩枝は車を降りた。

イタリアンのお店からの帰りに、ルリ子が呼んでくれたハイヤーである。

川田岐子とまなみは先に降りて、浩枝は、その後に、

「寄りたい所があるんです」

と、ルリ子に頼んだ。

夫が先に店を出た後、浩枝は安達直子へ電話した。そして休日の今日も、直子が大学に出ていると知ったのだ。

それなら、一刻も早く、直子と会っておきたい。——まなみのひと言は、浩枝の胸に深く食い込んでいた。

今、ハイヤーはS大の前に来ていた。麻紀はお腹一杯になって、ぐっすり眠っている。

浩枝はS大の中へ入って行った。

直子が迎えに出て来てくれた。

「すみません、いきなりこんな……」

と、浩枝は言った。

「いいえ。どうせ夜中まで仕事してますから」

と、直子は言った。「お話って？」

「中へ入ってからに」

と、浩枝は言った。

——研究室はずいぶん片付いていて、火事を出した跡はほとんど分らないくらいだった。

「直子さん」

と、浩枝が言った。「お考えになったことはありませんか。——ガードマンの方を殺して、ここに火を点けたのが、もしかして片岡刑事かもしれない、と」

直子は少しの間黙っていたが、驚いている風ではなかった。

「——考えてらしたのね」

と、浩枝は言った。

直子は小さく肯いて、

「でも、浩枝さんの古いお友達だし……」

「問題は事実です」

「ええ、確かに」

と、直子は言った。「片岡さんは、私の部屋を調べに来られたでしょ、谷口君が撃たれた件で。そのときに、私は言ったんです。姉の日記などは大学へ持って行った、と。それを聞いて、捜しに来たのかもしれないと思いました」

浩枝は肯いて、

「そうだったんですね」

と言った。

「それに、殺されたガードマンの増田さんはベテランでした。偽の刑事だったら見抜いていたと思うんです。犯人が、研究室の中を捜しているのを見ておかしいと思い、私に電話して来たんでしょう。そして、その名前を口にしようとしたとき、撃たれたんです。偶然のタイミングではなかったように思いますわ」

「とんでもないことですね……」

と、浩枝は言った。

「でも、それだけで犯人と決めつけるわけには……」

「ええ、そうですね。――刑事が人を殺したなんて、よほどちゃんとした手がかりがなければ」

「姉の恋人が片岡刑事だったってことが立証できるか、ですね」

安達弥生を殺したのが片岡だとすれば、桐山がそれを知って、怒りから片岡を狙ったのだと分る。

「でも、浩枝さん、どうして片岡刑事を疑ったんですか?」

「私の力じゃありません。あの川田まなみちゃんが……」

偶然レストランで会った片岡に、まなみが「こげくさい」と言ったことを話すと、

「まあ……。凄い力ですね」

と、直子は目をみはった。

「片岡君は私が夢で事件を見ることがあると知っています。――それをうまく利用できれば……」

浩枝は考えながら言った。直子は不安げな表情になった。

「浩枝さん。危険なことはやめて下さいね。万一のことがあったら……」

「大丈夫です。私も麻紀のことが何より大切ですから」

と、浩枝は微笑んで言った。

13　危機

受付の女性が、ちょっとびっくりした様子で、

「まあ、お嬢様。お珍しいですね」

と言った。

「忙しくって」

と、小田切ルリ子は言った。「父はいる？」

「さっき外出から戻られて。――お待ち下さい」

「いいわ。行ってみる」

と、ルリ子はさっさとエレベーターへ向った。

エレベーターの扉が開くと、父、小田切浩市が乗っていたのだ。

「何だ、どうした」

「出かけるの？」

と、ルリ子は訊いた。

「これから昼飯だ」

「じゃ、おごって。頼みがあるの」

「いいとも」

ルリ子は父と一緒にビルを出て、

「そのフランス料理のランチ」

「昼からか？　俺はそばぐらいしか食わんぞ」

「いいでしょ、たまには」

どうせ娘には逆らえない小田切だった。

ランチを食べながら、

「何だ、頼みって？」

と、小田切は訊いた。

「ボディガードを雇って」

ルリ子の言葉に、小田切は目を丸くして、

「誰かに狙われてるのか？」

「私じゃないの」

「というと？」

「たまたま知り合った、とってもいい人なの。もしかすると命を狙われるかもしれない」

「警察へ行ったらどうだ?」

「だめ。相手が刑事なの」

「何だ、それは?」

——ルリ子は、仲田浩枝のことを、川田岐子から聞いた。

そして、浩枝がS大学へと夜遅くに立ち寄ったことで、「何かある」と察したのである。

車で眠っていた麻紀を抱っこして、ルリ子はS大の中へ入って行き、浩枝たちと出会った。

「危い話だから」

と、浩枝はためらったが、ルリ子も言い出したら聞かない。

結局、浩枝と安達直子から、一部始終を聞き出してしまった。そして、

「私も力になるわ!」

と、宣言した……。

「——ともかく」

と、ルリ子は父に言った。「詳しいことは訊かないで。信用できる人を、仲田浩枝さんに付けてほしいの」

「費用はその女が出してくれるのか?」

「だったらお父さんに頼まないわよ」

「そうだろうな」

と、小田切はため息をついて、「分った。何とかしよう」

「急ぐのよ。できれば今夜からでも」

「そんなに急に？」

「いつも自慢してるじゃないの。『俺はその気になれば五分で女が飛んでくる』って」

「女とボディガードは違うぞ」

「顔の広さがものを言うところは同じでしょ」

小田切は苦笑して、

「口だけは達者だな。お前にゃかなわん」

「今ごろ分った？」

と、ルリ子は澄まして言った。「デザート、頼みましょ」

小田切が社長をつとめる〈O企画〉は、様々なイベントを手がけている。今でも、地方へ行くと現地の「その筋」に話をつけなければならないこともあり、確かに表にも裏にも顔が広くなくてはやっていけない。

「そうだな……」

コーヒーを飲みながら、小田切は言った。「相手が刑事となると、ヤクザはだめだ。警察ににらまれるのが一番怖いからな。そうすると……」

少し考えて、小田切は、「うん」と肯いた。

「あいつがいい」

浩枝はなかなか寝つけなかった。

夫は、九州からまだ戻らない。——明日には帰る、とメールは来ていたが。

浩枝は、川田まなみが言ったことを忘れられなかった。

片岡が「こげくさい」と言っただけではない。仲田のことを、「セッケンの匂いがする」と言ったのだ。

そのひと言で、浩枝はそれまで思ってもみなかったことを考えるようになった。

〈エステサロン・エド〉の江戸社長はなぜ仲田をしばしば出張に連れ出すのか。秘書だから当然と言えばその通りだろう。しかし、浩枝も夫のことはよく分っている。

仲田に細々とした気配りの必要な秘書の仕事がつとまるかどうか。——とても向いているとは思えない。

では、なぜ……。

考えたくはないが、浩枝は夫が江戸伸代の「愛人」にされているのでは、と思わないわけにいかなかった。

おそらく内心では気付いていたのだ。それを、まなみのひと言がはっきりさせてくれたのである。

といって、夫に腹を立てる気にはなれなかった。

リストラされ、浩枝と麻紀をどうやって養っていこうかと悩んでいたに違いない。そこへ、江戸伸代の誘いがあったのだ。

拒めば、一から仕事捜しだ。しかも、そうたやすく仕事が見付かるわけはない。

浩枝と麻紀のため。——自分にそう言い聞かせて、江戸伸代について行く、夫の気持が、浩枝にはよく分った。

分ったからといって、夫がこのままでいいかどうか。

ワンマン社長の気紛れは、いつコロリと心変りするか分らない。

そう。仲田がこのままの「仕事」を続けていけるかどうか……。

突然、「用済み」になり、「お払い箱」になる日が、きっと来る。その覚悟が必要だった。

「あなた……」

と、浩枝は呟いて、目を閉じると、やがて眠りに落ちた……。

そして……。

ああ、まただ。

浩枝の前に、黒い沼が広がっていた。そこに一本の通路が。

今夜はどこへ導かれるのだろう？

仕方ない。怖いようだが、その道を辿るしかないのだ。

浩枝は歩き出した。

沼はところどころで熱く煮えたぎっているかのように、泡が重い音をたてて弾ける。

お願いよ。恐ろしいものを見せないで！

だが——突然浩枝はホテルの部屋らしい所に立っていた。

ベッドには男女の服が脱ぎ捨てられ、バスルームからはシャワーの音と女の笑い声が聞こえてくる。

え？　これって、まさか……。

「ああ、本当にこれ以上のマッサージってないわね」

バスタオルを体に巻いた江戸伸代がバスルームから出て来る。そして、その後からバスローブをはおった仲田が……。

いやだ！　まなみのひと言のせいで、こんな場面に出くわすことになったのか？

「ひと休みしましょう」

と、ベッドに腰かけて、仲代は言った。

「仲代さん……。もう今夜は寝た方が。明日は朝九時から大切な取引が……」

と、仲田が言ったが、

「だからこそよ！　体をよくもみほぐして、リラックスしとかないと」

「ですが……」

と言いかけて、「分りました。ただ――何か食べさせて下さい」

「もちろんいいわよ。ルームサービスで、何でも取って」

そうまでして主人に仕える夫の姿は哀れだった。

もうやめて。――あなた。私も働くから。

浩枝がそう言おうとしたとき、再びそこは黒い沼地に変っていた。

浩枝はホッとした。夫のベッドシーンを見ずにすんだ。

再び通路を歩いて行くと、空気が冷たく張りつめてくるのが分る。

何かが起ろうとしている。――浩枝はそう感じた。

沼の中の通路は、いつの間にか薄暗い廊下になっていた。家の中ではない。ここは……

大学だ！

安達直子に案内された、S大学の廊下だ。

では、やはりこれは……。

声が聞こえてくる。誰かが話している。

電話しているようだ。

「ええ、そうなんです。何だか少し様子がおかしいと思いまして。――一時間くらい前です……」

ガードマンだった。ケータイで話している。やはりそうか。

あの場面なのだ。ガードマンが射殺されたあのとき。

「――ええ、今まだ研究室の中です」

ガードマンの背後に、誰かが近付いていた。廊下が暗くて、よく見えないが。

「――ええ、もちろん、私もそう思いましたが」

危い！　浩枝は叫びそうになった。

「――はあ、確か名前は――」

暗い廊下に一瞬火が走った。銃声が廊下を駆け巡った。

ガードマンが崩れるように倒れる。

そして、拳銃を手にした片岡が、ガードマンの手から落ちたケータイを拾い上げた。

片岡君……。

やはりそうだったのか！

片岡の顔に汗が光っていた。――その表情は、冷酷な殺人鬼のものではなかった。

怯えている。追いつめられ、他にどうしようもなくなった子供のようだった。

それは浩枝にとって、いくらかは救いだったが、片岡のしたことに変りはない。

そしてある意味、冷酷な殺人鬼よりも、追いつめられてどうしていいか分らなくなった子供の方が危険とも言えた。

これ以上、罪を重ねないで！

浩枝は祈るように願った。そして――。

「――お母さん？」

と、肩をつかまれ、浩枝はハッと目がさめた。

「麻紀ちゃん……。どうしたの？」

と、浩枝は言った。

麻紀が、ベッドのそばに立っていたのだ。

「大丈夫？」

と、麻紀が言った。「お母さん、苦しそうに何だか唸ってたから心配で……」

「私が？　――そう」

浩枝は体を起こして、「ごめんね。びっくりしたわね」

「お母さん、何か悲しいことがあるんだね」

「そうね……。生きてると、悲しいことが色々あるのよ」

浩枝は娘の頭をなでて、「でもね。楽しいこと、嬉しいことも一杯あるのよ。心配しなくても大丈夫」

「本当に？」

「ええ、本当よ」

「良かった」

麻紀はニッコリ笑って、「ね、お母さんのベッドで一緒に寝たい」

「いいわね！　入ってらっしゃい！」

麻紀が嬉しそうに、

「うん！」

と言って、ベッドへ飛び込んで来た。

浩枝は暖かい娘の体を抱きしめて、すぐにぐっすりと眠った……。

空港に迎えの車が来ていた。

運転手がドアを開け、江戸伸代は乗ろうとして、後に続いていた仲田へ振り返ると、

「何だったら、一度お宅へ帰ったら？」

と言った。

「は……。しかし……」

仲田も、伸代が突然の思い付きでものを言うのに大分慣れていた。ちょっと迷ったものの、

「それでは、そうさせていただきます」

「今日はゆっくりでいいわよ」

と、伸代は車に乗りながら、「夜のパーティまでに出社すれば」

「ありがとうございます」

車を見送って、仲田は、

「こっちはすっかりくたびれてるんだ。休ませてもらわなきゃ……」

と、独り言を言うと、タクシー乗場へと歩き出した。

タクシーに乗って、行先を言おうとして、初めて思い立ったのである。――桐山エリ子に会いに行こう。

桐山エリ子のアパートへと向いながら、仲田は少しワクワクしていた。江戸伸代には、もちろんありがたいという思いを持っている。何といっても「失業」という危機から救ってくれたのだから。

しかし、いかに「仕事」とはいえ、こうして出張に同行しては夜の相手をさせられる……。仲田は、社内でも自分の役割が知れ渡っていることを察していた。

そんな中、桐山エリ子に会うと心が洗われる気がするのである。

「——そこでいい」

アパートの少し手前でタクシーを降りると、足どりも軽くなる。仲田はエリ子と寝てはいない。エリ子の手を握るぐらいのことはあり、エリ子も仲田を拒みはしないだろうが、むしろ、「何もない」ことが大切だったのである。

チャイムを鳴らすと、すぐにドアが開いた。

「あ……。どうしたんですか?」

エリ子はパジャマ姿だった。

「出張の帰りさ。寝てたの?」

「ゆうべ、仕事探しで遅かったんで……。ごめんなさい、こんな格好で」

「いや、構わないよ」

「ちょっと――ちょっと待って下さい」

エリ子はあわてて浴室へと入って行った。

顔を洗って、エリ子は急いで紅茶をいれた。

「ゆうべ、スナックの仕事を見付けたんですけど」

と、一緒に紅茶を飲みながら、「でも、せっかく仲田さんが良くして下さったのに、何とか普通の事務の仕事がないかと思って……」

「うん。焦ることはないよ」

「でも、いつまでも仲田さんに甘えていられません」

と言ってから、「あ、そうだ」

何か思い出したらしく、押入れの中のバッグから手紙らしい物を取り出して来た。

「――何だい?」

「前のアパートを引き払うときに、ちょうど配達されて来たの」

「手紙?」

「ええ。それも死んだ父からの手紙なんです」

「お父さんから?」

「ええ。どこかへ間違って配達されてたみたいです」

「開けてみたの？」

「走り書きで、それにどこかで濡れたらしくて、よく読めないんです」

中を取り出してみると、二枚の便箋に、確かにひどい殴り書き。

「――あ、すみません」

ケータイが鳴ったのである。エリ子が急いで出ると、

「あ、片岡刑事さん。どうも」

エリ子は話を聞いていたが、「――分りました。じゃ、これから行きます」

と言ってから、

「あの――実は、父の手紙が。――ええ、そうなんです」

エリ子は手紙のことを説明すると、

「――はい。分りました。あ、もちろん大丈夫です。では……」

仲田は紅茶を飲んで、

「あの刑事か。何だって？」

「父の持ってた物を返すからって。死んだとき、ポケットに入ってた物だそうです」

「取りに来いって？」

「ええ。ちょっと出かけて来ます」

「そうか……」

仲田はちょっとがっかりした。一人でここにいても仕方ない。

「よし、僕も一緒に行こう」

と立ち上った。

「いいの？　疲れてたら、ここで寝てても……」

「いや、僕は君の保護者だぜ。そばにいないとね」

仲田の言葉に、エリ子は嬉しそうに笑った。

「あ、手紙を持ってかなきゃ」

「刑事が見たい、って？」

「濡れてにじんでても、警察なら読めるかもしれないって」

「それもそうだな。——じゃ、出かけようか」

仲田は立ったまま、残った紅茶を飲み干した。


手紙か……。

片岡は、舌打ちした。

桐山のことは、もうかたがついたと思っていた。あのガードマンを射殺してしまったのは、もちろん大変なことだが、安達直子の研究室は火事でほぼ全焼したはずだ。

片岡が、本来持たされている拳銃でガードマンを撃っていたら、弾丸から真相が知れてしまうところだ。しかし、片岡は用心のために別の拳銃を持っていた。

ある殺人犯を逮捕したとき、犯人の持っていた拳銃が溝の中に落ちていたのを拾っておいたのだ。上司には「銃は川へ落ちたものと思われます」と報告した。

桐山エリ子のことをすっかり忘れていた。

——娘に出した桐山の手紙。

そこに何が書かれているか。いずれにしても、エリ子が他にも何か片岡のことを知る手掛りを持っていないか、確かめる必要がある。

もし、邪魔なら……。

あんな小娘一人、姿を消したって、どうということはない。

片岡は、桐山の持物を、手さげ袋に入れると、同僚に、

「出かけてくる」

と、声をかけて、捜査一課を出た。

上着の上から、あの拳銃を持っていることをそっと確かめていた……。

14　弾痕

「おい……。どこに行くんだ？」

　仲田は、段々落ちつかなくなって来た。

「片岡刑事さんに言われたんですよ」

と、エリ子は言った。「このバスに乗れって」

「いや、そりゃあ分るけど……。警察へ行くんじゃないのか？」

「片岡さんが出かけなきゃいけないんですって。それで、出先まで来てくれって」

「そうか……」

「どうかしました？」

「いや、別に……」

　仲田が落ちつかない気分になっているのは、今乗っているバスが、自分の住んでいるS団地を通るからである。

　こんなことってあるのか！

　いや、もちろん、バスが通っているというだけのことだが。

「どこで降りろって?」

と、仲田は訊いた。

「〈S団地前〉って停留所です」

——まさか!

ただの偶然なのか? それとも……。

何も悪いことをしているわけではないからいいようなものだが……。

間違いなく、バスは〈S団地〉に近付いていた。


どうしたらいいのかしら……。

仲田浩枝は、家事も手につかなかった。

あれほどはっきり夢を見たのだ。片岡が大学のガードマンを殺したことは、まず間違いない。

しかし、浩枝が信じていても、その話を他人が信じるかどうかは別だ。しかも刑事が人を殺したとは……。

「でも……何とかしないと」

片岡がこれ以上、罪を重ねないようにしたかった。

当人に話したところで、それは浩枝にとって危険なことになりかねない。

「ああ……」

やはり寝不足のせいもあったのか、ソファに身を委ねている内、浩枝はいつしか眠りに落ちていた……。


「次は〈S団地前〉です」

バスの中にアナウンスが流れた。

「ここですね」

と、エリ子がボタンを押して立ち上る。

「どこへ行くんだい、降りてから」

「団地の外に、〈M〉って喫茶店があるんですって。そこへ来てくれって」

「そうか……」

名前は知らないが、喫茶店があることは知っていた。おそらくあの店のことだろう。

バスが停ると、二人は降りて、

「団地の手前だって言ってたわ」

と、エリ子は歩き出した。「——あ、あそこだわ。〈M〉ってありますよね」

「そうかい？　ちょっと目が悪くてね」

「あら。もう老眼ですか？」

訊かれて、返事のできない仲田だった。

——やはりあそこか。

仲田は、浩枝がときどきそこでお昼を食べていると知っていた。仲田自身も行ったことがある。

何とかいう、ちょっと可愛い女の子がウエイトレスをやっている。そんなことは憶えているのだが。

「少し早いかしら」

と、エリ子は言った。「中に入っていましょうか」

「あのね……。君はやはり一人で会った方がいいと思うよ」

と、仲田は言った。

「え？　どうして？」

「向うは君一人と思ってるんだろ？　それに、僕は直接関ってるわけじゃないし」

と、仲田は言ってから、「いや、もちろん僕は近くで待ってる。安心して」

「そうですか……。じゃ、私、行って来ますね。いつまでも仲田さんに甘えてちゃいけないですよね」

「そういう問題じゃないんだけど……」

と、仲田は口の中でブツブツ呟いた。

――エリ子は〈M〉の入口に、〈CLOSE〉の札がかかっているのを見て、どうしようかと思った。

まだ早いので開いてないのだろう。でも、どこかで待つと言っても――。

すると、〈M〉の扉が開いて、中から片岡刑事が顔を出した。

「あ……。どうも」

と、エリ子は小さく会釈した。「先に来てらしたんですね」

「入って」

と、片岡は扉を開けて促した。

中はまだ少し薄暗かった。

「お店の人は……」

「まだいない」

と、片岡は言った。「そこに座ろう」

「ええ……」

エリ子は、片岡がどうして開店前の店にいるのか、ふしぎだったが、ともかく向い合った席に腰をおろした。

「これが、お父さんの持物だ」

と、片岡は手さげ袋を渡した。

「ありがとうございます」

「お父さんの手紙ってのを持って来たかい?」

「ええ。――これです」

と、エリ子はバッグから手紙を取り出した。

「中の手紙が濡れちゃってて……」

エリ子は封筒から中の手紙を取り出して広げた。「こんなになってて……」

「見せて」

エリ子は手紙を片岡へ差し出した。

「読めますか?」

片岡は手紙をしばらく眺めていたが、立ち上ると、店のカウンターの方へ行って、明りを点け、手紙を透かして見るようにした。

「そうすれば見えます?」

エリ子も立って来て、片岡の手にした手紙を見た。「あ……。何となく文字が……」

その中に、読み取れる文字があった。エリ子はちょっと目をパチクリさせて、

「何か、そこに、〈片岡〉って名前が見えませんか?」

と言った。

「そうだな。見えてるよ」

と、片岡は言った。「もっとていねいに調べれば、ちゃんと読めるだろう」

「父のこと、知ってらしたんですものね」

「うん……」

片岡はカウンターの隅の棚からライターを手に取ると、カチッと炎を出して、その上に手紙をかざした。

「え……」

エリ子は手紙が燃えるのを見て、「どうして手紙を――」

「こんな物はいらないからさ」

と、片岡は燃える手紙をカウンターの上に落とすと、「お前の親父は、僕を殺そうとした。僕を恨んでたからな。恋人を僕に奪られて」

「恋人を……。安達弥生さんのこと……」

エリ子は、片岡を全く別人のような思いで眺めた。

「ああ。あいつは弥生が殺されたと知って、分ったんだ。――弥生を殺したのが誰なのか」

「あなたが……殺したの？」

エリ子は後ずさった。

「桐山が、他にも何か余計なことを書き残してないか、知る必要があった。――お前は何も知らなかったんだな」

「刑事さんなのに……」

「刑事だって男だよ」

片岡は上着の下から拳銃を取り出した。

エリ子は大きく目を見開いて、

「そんな物……」

「ああ。物騒だぜ。弾丸が出るからな」

銃口はエリ子へと向いた。

「そんな……どうして……」

「危険なものは芽の内に摘み取って、踏み潰すのさ」

と、片岡は言った。「さあ、そこの裏口から外へ出るんだ」

カウンターの傍のドアを開けて、片岡が促した。

エリ子は、起っていることが信じられない思いで、言われるままに店の奥を抜けて裏手に出た。

そこは工事用の資材を積んだ空地で、周りはトタン板の塀で囲まれていた。

「人は来ない。この辺は団地以外に家がほとんどないからね」

「どうして……私を?」

「桐山を思い出すからだ。自分じゃ分ってないだろうが、お前は親父そっくりだ」

と、片岡は言って、眉をひそめた。「僕を襲おうとしたときのあいつの顔が、今でも目に焼きついてるよ。そして、自分で転げ落ちていったときの悔しそうな表情も」

「だからって……」

「心配するな。一発であの世へ行ける。お前みたいな娘は、どうせろくな死に方はしないんだ」

「誰か! 助けて!」

と、エリ子は精一杯叫んだが、かすれた声にしかならなかった。

「動くと、却って急所を外して、苦しむことになるぞ」

と、片岡は言った。

そのとき、

「やめろ！」

と、声がした。

片岡もさすがにびっくりして振り返った。

仲田が飛び出して来ると、片岡に駆け寄って、抱きついた。

「逃げろ！」

「仲田さん――」

「早く逃げろ！」

エリ子は店へと駆け込んで行った。

「邪魔しやがって！」

片岡は、仲田を振り離そうとしたが、仲田も必死にくらいついた。

「こいつ！」

「あの子を殺させるもんか！」

片岡が仲田を突き倒す。

仲田が立ち上ろうとした。

片岡が銃口を向け、引金を引いた。

弾丸が、仲田の胸を貫いた。


アッ！

浩枝は浅い眠りの中で、突然胸に鋭い痛みを感じて飛び起きた。

「え……。どうしたの？」

と、思わず口走った。

胸を手で押えていた。——でも、何の傷もない。

でも、確かに……。

何かが眼前に残像のように浮かんでいた。

倒れる人影。——逃げる人影。

その周囲に、一瞬、見たことのある風景が浮んで消えた。

「今のは……」

確か、この団地の外、よくお昼を食べに行く喫茶店のようだったが。でも——どうしてあんな場所を見たのだろう？

首をかしげはしたが、今は迷っているときではない、と思った。あの胸に感じた鋭い痛みは、ただごとではない。

浩枝はケータイと鍵をつかんで、急いで玄関へと走った。ドアを開けると、そこに立っていた女性と危うくぶつかりそうになった。

「キャッ！」

「あ、ごめんなさい」

立っていたのは、作業服みたいなものを着た、中年の女性で、肩からさげた大きなバッグには〈Sヨーグルト〉の文字があった。

「あの……」

「すみません、私、〈Sヨーグルト〉の配達員でして。こちらでヨーグルトを取っていただけないかと思いまして……」

と、その女性は言った。

「ごめんなさい！　今、急いでて、それどころじゃないの！」

「あ、そうですか、すみません」

浩枝は玄関の鍵をかけると、急いで階段を駆け下りた。団地のエレベーターはのんびりしていて、足の方が速い。

団地の中を駆け抜けようとして――。

突然、走って来た女の子とぶつかりそうになった。

「助けて下さい！」

と、女の子は浩枝にすがって、「殺される！　刑事さんが私を撃とうとして――」

「刑事？」

浩枝はそう聞いてハッとした。「もしかして、片岡っていう刑事？」

「そうです！」

「あなたは――」

「桐山エリ子です」

安達直子が話していた、桐山の娘とは、この子か。――今は片岡が追って来るかもしれない。

「こっちへ！」

浩枝たちは集会所へと走った。――持っていたキーホルダーに、鍵が付いている。

浩枝は〈図書室〉のドアを開けると、

「ここでじっとしてて。誰も来ないわ」

と言った。

「あの……銃声がしたんです。あの人、撃たれたかもしれない」

「あの人？」

「仲田さんです。私が撃たれそうになるのを助けて……」

「仲田ですって？」

直子が言っていた。夫が、エリ子の保護者のようだった、と。

「ここにいて。いいわね」

「あの……」

「私は仲田浩枝。仲田の妻よ」

「奥さんですか！　仲田さん、喫茶店の裏で……」

「分ったわ。ここにいて」

喫茶店の裏？　どうしてそんな所で？

ともかく、浩枝は集会所を出ると、団地の外へと出た。

あの喫茶店は、まだ〈ＣＬＯＳＥ〉になっている。

わけが分らなかった。——この店がどうして？

しかし、ここが夢に出て来たのだ。

浩枝は喫茶店の扉をそっと開けた。店の中は空で、奥のドアが半開きになっている。

裏で。——あの裏で、何があったのだろう？

ためらっている余裕はなかった。

急いで店の奥を抜けて、裏口らしいドアを開けると――。

「あなた！」

仲田が仰向けに倒れていた。胸が血に染っている。

撃たれた……。撃たれたんだ。そのときの痛みを、浩枝も感じた。

駆け寄ると、

「あなた！」

と、大声で呼んだ。「しっかりして！」

すると、夫がかすかに呻き声を上げて動いたのだ。――生きてる！

「すぐ救急車を呼ぶから、待っててね！」

と、立ち上ったとき、

「むだだと思うわよ」

と、声がした。

振り向くと――喫茶店のウエイトレス、ユリアが立っていて、拳銃を手に、銃口を浩枝に向けていた。

「ユリアちゃん……」

浩枝は呆然として、「これはどういうこと？」

「あなたの旦那さん、どうせ助からないわよ」

ユリアが浩枝を促して、店の中へ戻る。

「お願い！　救急車を呼ばせて」

「そんなことさせるわけないでしょ」

いつものユリアと少しも変って見えない。そこが怖かった。

「片岡の知り合いだったなんてね」

と、ユリアは言った。

「あなた、片岡を知ってたの？」

「以前、私が風俗で働いてたときにね。ここで、主婦の売春が摘発されたでしょ。あの利益を片岡が受け取ってたの」

「何ですって？」

「私は団地の奥さんたちと客をつなぐ役だった。もちろん、メールだけのやりとりでね。片岡から毎月お金をもらってた」

片岡がそんなことを……。あのガードマンを殺しただけではない。前から手を汚していたのだ。

「――お願い。主人に何の恨みもないでしょ。救急車を呼んで」

「そうはいかないわ。あなたが来るとは思ってなかったけど、邪魔すれば撃つわよ」

と、ユリアはニッコリ笑って言った。

そのとき――。

突然、店の扉が開いたのだ。ユリアも一瞬動けなかった。

「誰？」

「あの……」

と、顔を出したのは、何とさっきのヨーグルトの女性だった。

ユリアがカウンターの上のナプキンをつかんで、手にした銃を隠す。

「Sヨーグルトの者ですが」

と、その女性は言った。「こちらでヨーグルトを買っていただけないかと……」

と、バッグから、ヨーグルトのびんを取り出す。

「いらないわ！」

と、ユリアは苛々と、「行って！　こっちは忙しいのよ！」

「さようですか……」

と、女性はちょっと頭を下げて、「失礼しました」

と、扉を閉めようとした。

その瞬間、女性の手にしたヨーグルトのびんが真直ぐにユリアに向って飛んだ。びんはユリアの額に当って、ユリアは痛みによろけた。

その女性はバッグを落とすと、ダダッとユリアへと駆け寄って、手刀で拳銃を叩き落とし、肘でユリアの腹を一撃した。ユリアが口を開け、声もなく倒れる。

啞然としている浩枝に、

「もう大丈夫です」

と、その女性は言った。

「あなたは……」

「小田切様に頼まれた、あなたのボディガードです」

「小田切さんが……。まあ！」

「早く救急車を」

「そうだわ！」

浩枝は店のカウンターの電話へと駆け寄った。


〈こんにちは〉

頭の中に聞こえた。浩枝は振り返ると、

「まあ、まなみちゃん」

川田岐子に手を引かれて、まなみがいたずらっぽい笑みを浮かべている。

「ご主人、いかがですの？」

と、岐子が訊いた。

「ありがとうございます。もう危い状態ではないと言われました」

「良かったですね！」

岐子の後から、小田切ルリ子がやって来た。

「車を駐車場へ入れてたので。――お役に立って良かったです」

「本当に、あなたがお父様に頼んで下さったおかげで……。今ごろ、主人も私も殺されていたでしょう」

と、浩枝は言った。

――明るい日射しが、病院の廊下に差し込んでいた。

浩枝は病棟の廊下に作られた休憩所にいた。夫、仲田伴治は、弾丸が心臓からわずかにそれて、助かったのである。

「父も喜んでます」

と、小田切ルリ子は言った。「代りに父の知り合いの息子さんとお見合するると承知したので」

「まあ」

「でも。断るつもりですけど。お見合さえすれば父の顔が立つんです」

「いい方なら――」

「それならガッチリつかんで放しません」

と、ルリ子は笑った。

「でも――」

と、岐子が言った。「あの刑事は捕まってないんでしょ?」

「そうなんです」

と、浩枝は肯いて、「あのウエイトレスのユリアの自供もあって、片岡が、安達弥生さんとガードマンの方を殺したことははっきりしたので……。昔は、おとなしい男の子だったのに、人って変るものですね」

そこへ、

「まあ、皆さんが」

安達直子がやって来たのである。

仲田の容態を聞くと、直子は、

「良かったわ。――ガードマンの増田さんのことが、本当にお気の毒になります」

浩枝は少し間を置いて、

「主人には、今の勤めを辞めてもらおうと思っています。女社長のペットじゃ可哀そうですもの。私も何か仕事を捜そうと思って」


――片岡は逃げた。

ユリアに拳銃を渡して。仲田を撃って、怖くなったのだ、とユリアは言った。

「いざとなると、肝っ玉の小さい人だったのよ」

と、ユリアは言ったそうだ。

今は指名手配されている身だ。いつまでも逃げてはいられないだろう。

浩枝は、夫が撃たれたとき、自分も同時に痛みを覚えたことが、忘れられなかった。

仲田はリストラされたことを隠していたり、細川しのぶと遊んだりしていたわけだが、浩枝にとっては、やはりかけがえのない人間なのだ……。

そこへ、

「先生」

と、やって来たのは助手の谷口だった。

「谷口さん、おけがの方は？」

と、浩枝は訊いた。

「ええ、もうすっかり。——先生、講義に遅れますよ」

「分ったわ。でも、安全運転で行ってね」

と、直子は立ち上って、「じゃ、これで」

「主人の顔を見てやって下さいな」

「また改めて」

直子はそう言って、谷口を促した。

二人はエレベーターへと向った。ちょうど上って来たエレベーターの扉が開く。

「危いよ」

と、まなみが言った。

「え？」

浩枝は、エレベーターから降りて来た男が刃物を手にしているのを見た。——片岡だ！

「やめて！」

浩枝は叫んで駆け出した。

「先生、逃げて！」

谷口が直子をかばって片岡の前に出た。

刃物が谷口の腹に刺さる。

「谷口君！」

直子が抱き止めた。

「何てことを！」

浩枝は、別人のようにやつれた片岡をにらんで言った。

「邪魔しやがって……」

目を血走らせた片岡が、ナイフを持ち直すと、「君が余計なことをしなきゃ……」

「谷口君！　しっかりして！」

直子の抱き止めた手の下に、血が溢れた。

浩枝はハッとした。直子の手に感じた冷たさは、これだったのか？

「片岡君……。もうやめて」

「僕は……弥生を殺したとき、死のうと思った。でも、桐山に襲われたとき、ついよけてしまったんだ。あのまま死んでいれば……」

「私のせいだっていうの？　勝手なこと言わないで！」

「そうだな……。僕は一人じゃ寂しくって死ねないんだ。一緒に死んでくれ」

「とんでもないわ！」

「頼む！」

片岡がナイフを振り上げると、直子が立ち上りざま片岡に体当たりした。

「ワッ！」

片岡が床に転倒した。

「早く手当を！」

と、直子が叫ぶと、医師と看護師が駆けつけて来た。

「ガードマンを呼んで！」

と、浩枝は言ったが、片岡は起き上ろうとしてよろけ、そのまま膝をついた。

「武井君……」

片岡は浩枝の旧姓を呼んだ。

転倒したとき、自分の手にしていたナイフで自分の胸を刺していたのだ。

「僕は一人じゃ……」

そう言うと、片岡は床に突っ伏した。

医師たちが谷口を運んで行く。

「すみません……」

と、浩枝は直子に詫びた。「こんなひどいことって……」

「いえ……。きっと大丈夫です」

と、直子は言った。「谷口君は若いんです。きっと助かります……」

浩枝は夫のことが心配になった。廊下での騒ぎに、何があったのかと不安になっているかもしれない。

浩枝は、夫の病室へと急いだ。そしてドアを開けようとすると、

〈今入らない方がいいと思うよ〉

と、まなみの声が頭の中に聞こえた。

「え？」

でも、もう手はドアを開けていた。

「――まあ」

と、思わず言った。

いつの間に来たのか、桐山エリ子が、夫のベッドのそばに座っていた。そしてちょうど夫にキスしていたのである。

「――あ、すみません」

と、エリ子は体を起こした。

「あなた……」

仲田が浩枝を見て、

「怒らないでやってくれ」

と言った。「僕が言ったんだ。キスしてくれ、と……」

「そうですか」

浩枝は腕組みして、「勝手にしなさい！」

病室を出ると、目の前にまなみが立っていた。そして浩枝を見上げると、

「――ね？」

「まなみちゃん。あなたは、分ったことを何でも言えばいいってもんじゃないってことを学ばなきゃね」

と、浩枝が言うと、まなみはちょっと首をかしげて、

「どうして？」

と訊いた。

初出

「小説推理」'15年10月号～'17年1月号

TOKYO
FUTABASHA
BOOKS

悪夢《あくむ》に架《か》ける橋《はし》

平成二十九年二月二十五日　第一刷発行

著者—赤川次郎《あかがわじろう》

発行者—稲垣 潔／発行所—㈱双葉社
〒一六二-八五四〇
東京都新宿区東五軒町三番二八号
〇三—五二六一—四八一八（営業）
〇三—五二六一—四八三一（編集）

印刷—大日本印刷株式会社
カバー印刷—株式会社大熊整美堂
CTP—株式会社ビーワークス
製本—株式会社宮本製本所

ISBN978-4-575-00800-5　C0293
http://www.futabasha.co.jp/
（双葉社の書籍・コミック・ムックが買えます）